俘虏

李更 / 著

每个人都是某种势力下的俘虏，活得可真不容易！

山西出版传媒集团
北岳文艺出版社
BEIYUE LITERATURE & ART PUBLISHING HOUSE

图书在版编目（C I P）数据

俘虏 / 李更著. ——太原：北岳文艺出版社，2017.1
ISBN 978-7-5378-5020-9

Ⅰ.①俘… Ⅱ.①李… Ⅲ.① 短篇小说－中国－当代 ②散文集－中国－当代 Ⅳ.①I217.2

中国版本图书馆CIP数据核字(2015)第324958号

书　　名：俘　虏
著　　者：李　更
责任编辑：韩玉峰
装帧设计：张永文

出版发行：山西出版传媒集团· 北岳文艺出版社
地　　址：山西省太原市并州南路57号
邮　　编：030012
电　　话：0351-5628696（发行部）
　　　　　0351-5628688（总编室）
传　　真：0351-5628680
网　　址：http://www.bywy.com
E－mail：bywycbs@163.com
经 销 商：新华书店
印刷装订：山西万佳印业有限公司

开　　本：710mm×1000mm 1/32
字　　数：115千字
印　　张：6.5
版　　次：2017年1月 第1版
印　　次：2020年9月 山西 第2次印刷
书　　号：ISBN 978-7-5378-5020-9
定　　价：35.00元

李更怎么不是小说家

刘富道

我已经成为写序的专家了，经我手写序的书籍已在百部左右，其中包括各种文学门类，还有文学之外的画集、书法论著和书法作品集。我曾多次扬言不再替人写序，但每位请我写序的先生或女士，都有充足而生动的理由，将我推到无法推辞的境地。会不会有人认为我已是江郎才尽，只能做些与创作无缘的事情呢？按照李更先生的说法，干这类活儿，是“在别人的田里种自己的庄稼”。其实我种自己的田还忙不过来呢。这回可是李更亲自把我拉到他的田里，让我在他的田里种我自己的庄稼，为他的一部《俘虏》写序。

我已经不是第一次为李更写文章了，上次是他出版了《绑赴文坛》，一部怪怪的文坛轶事集，我写了《这个李更》,发表在一家大报上。这个题标够恶毒的了。我把李更美美地调侃一番,连他老子李建纲先生也捎带上了。好在李更经常骂人,他也不怕别人骂他,每当他抛出一篇骂人文章,就期待着有人回嘴对骂。但这个世界就是怪,就没有人出来接招,弄得李更不好意思。本来那本《绑赴文坛》出笼,我以为会有好戏看,甚至会有官司打,可几年过去了,风平浪静。是不是那年的非典把人们的注意力完全聚焦在生死簿上,什么宠辱荣损都不在话下了?是不是人们早已识破了李更的伎俩,有意不帮他炒作,不想让他赚钱?

李更请我写序,给我的唯一理由是:至少我李更还值得你一骂。

一本书字字珠玑,句句真理,篇篇美文,恐怕难以做到,做到了也并非就是好事。这个李更的文章,倒是时时给读书界提供一些批评的空间,其中总会有一些引人注目的不批不足以平民愤的兴奋点。为李更的著作写序,最大的方便是,不会出现无话找话说的尴尬,也不会有只准说好切勿挑刺的约定。

李更出过两本小说集,可惜没有来得及读过。他的书一本接一本地出,我读书的速度还跟不上他写书的速度。听说这个选本中有部中篇小说《俘虏》,曾有幸登上了《钟山》双月刊的大雅之堂,我有意找来一读。原来不曾读过李更的小说,现在一读就读出一个疑问来:李更怎么不是小说家?我一直担心,李更把散文写得像杂文一样寡情,李更会不会把小说写得像散文一样多情呢?读开头几个自然段,我就喃喃念叨着,这个李更,还真行呢,小说写得像小说样儿呀。我不能不拿出我的宝贵光阴,从开头到结尾全读了一遍,我要看看究竟是谁给谁当了俘虏,我要看看俘虏的结局如何。这个李更对小说文体的把握,已经到了得心应手的份上,连我这样老奸巨猾的读者,也能被忽悠得跟着他的感觉走。他为什么不是小说家呢,他为什么不当小说家呢?傻!当小说家会占尽文坛风流。写杂文嘛,永远只是文坛小打小闹的人物,你也永远当不了鲁迅,当得了鲁迅也当不了作协主席。

李更同志,对不起了,我知道我这番话不符合写序的格式,我为人写序已经写得真够累了,我希望这个不合格式的格式,让所有愿意抬举我的人从此望而却步。谢谢了,谢谢了。

目录

辑一　俘虏

003　一
026　二
047　三
068　四
073　五

辑二　杂文

077　买书的困惑
081　永远的批判现实主义
084　蹊　跷

087 无语乎
093 圈子
096 流浪汉
099 励志
101 糊汤粉
104 看病
108 小产权
111 作协消息
113 我与《文学自由谈》
127 序平沙文集
131 日本书店
133 微信
136 善贴
139 抑郁与狂躁

141 后怕
144 神来之笔
147 趋势
150 眼光
153 危信
155 凤凰
158 幻想
161 希腊
164 接待问题
167 记性
169 虚荣
172 和而不同
175 选择
177 三位大师

181　适应
184　地方报纸的副刊问题
193　纲常乱

195　跋

辑一　俘虏

一

董巴子在1943年认为自己不是个好人，所以就当了兵。

村里人都说，什么不好干？真是水往低处流。他爹跟他大干了一场，结果是他伤了头，他爹伤了鸡巴。“他想让我少个乐趣，我可不想让他断子绝孙。”他爹养好伤靠在村头的老槐树上这么跟小后生们白话。

董老爹其实也就四十几岁，称自个儿那条鞭威镇百里，一起劲可以甩到开封府去。开封是啥地界，别看那地方老饿死人，小妮子小老赶可秀着哩，脸蛋子就是糊两块黑泥，也是水灵灵的。当年东京城墙里可有不少待业的主，一百年等不到个皇上驾到，自娱的小节目可多了，什么金盆洗手呵，什么杨柳抽心呵，什么卧拜猴头呵，什么莲掌含珠呵。“巴子他妈就是宫女，宫女的后代。”董老爹得意道。干完农活的同岁数老哥们回来时也喜欢凑个热闹，附和说：“那是，那是，咱嫂子那奶头号称天下第一奶。”

惹得村子里的小崽子们成天嚷着要到开封那个大地界去，农活干起来也不起劲。大人们说：“那都是董老巴子胡诌出来的，大清国都过去几十年了，哪有什么宫女？再说，俺河南人风光那阵子是宋朝，祖宗把该玩该乐的都抖尽了，留下来就该俺这几辈子受苦了，瞧这地是啥地，三泡黄尿下去都不见个颜色出来。”

连种子都收不上来是常有的事。

庄稼长不好，鸡巴却格外壮，全村八百多号人，男人就占了四分之三。后生们又在这四分之三中占了四分之三，个个的家伙都熟得玉米棒子似的，做农活使三分力，打架却用了七分劲。春天里，村里的公狗都没他们咬得勤、咬得狠。

小男人们便每天缠着董老爹讲宫女。董老爹家里还有宫女像，有七张那么多，个个都粉彩粉彩的，“这才叫女人，你妈都不能叫女人。”董老爹这话很刺激人，但后生们最后却不得不承认自己妈不算女人。其实这些画都是前些年董老爹出去流浪时从城里的电线杆上撕下来的，他记得到过一个叫衡水的地方。“那才叫神仙地界。”在他眼中那是一片繁华，他在一个窑子里当了半年保安，想家要回时，窑主问他有什么要求，他就要了墙上那张电影广告画，是人家从一个叫上海的地方弄来的。比那些香烟、面粉、招贴画更来神儿。

天气好的时候，他就用一张洋报纸包着广告画出来，让宫女也晒晒太阳。

有一天，百里之外的私塾先生路过这里，对那张洋报纸大为震惊，因为那上面密密麻麻的符号居然没一个认识的，他一面大为惭愧，一面断定这张报纸绝不是中国人看的。

这事传出去，县太爷认定他在传邪教，毒化本地民风，别又是要闹长毛的事。遂叫保长带一干人马来提他的人。

正好是中午，后生们都很关心董老爹胯下的伤情，纷纷要求探望，董老爹推辞不过便从破黑袄裤里掏出家伙，“乖乖，怎么缩头缩脑的。”有后生叫。

一说就来气，“那小狗日的硬像皇上对太监，手下一点不留情。”董老爹自己看着也觉得将雄风不再。人人都知道他这管老枪的威力，硬是把天下第一奶给日到手了。

“你说俺大妈是宫女，说不定巴子哥就是皇上的种哩。”有后生说。

“呸，日他姐，就算是宫女，皇上干出的才叫太子，我干出的只能叫巴子。”董老爹感慨起来，恍然觉出那文明人称作命运的东西在作怪。

话题又扯到比卵子上，后生们纷纷脱裤除衫比大小，“是那么回事了哩。”董老爹一个个检查，含笑点头，就像检阅自己的队伍。

这保长带人老远一看，果然是邪教，不由分说，带走问话。董虽是外姓人，但赵家庄里无人保他却并非害怕生事，也不是故意轻视，而是董老爹成天煽情，误了不少农活，也等着有人收拾他一下。

带到县太爷处没几时，不知此事又怎么让附近炮楼里的皇军知道了，横田少佐一定要看看那张天书般的洋报纸。

这一看不打紧，生生把少佐阁下差点吓出病来，这不是正在太平洋上和大日本国海军作战的米国报纸吗？"哪里来的？"

把皇军紧张起来，县太爷才知道事情比想象的还要糟糕，不禁有些后悔，怕今后对自己不利，不该这么大张旗鼓扭送他来。县太爷的儿子在天津卫读过几年书，宽慰老父："没事的，许是那些洋教徒的教科书，大城市里教会公学最时髦呢，无非要人信上帝，像俺们信玉皇大帝一样，也是行善积德，我要不是脑子笨，说不定也去念会了那些洋码字。"

横田少佐看问题没这么简单，难道有米国飞行员降落在此，可从来没见飞机来过，难道是从外地转送到此养伤？也无任何报告。

横田少佐一边写着大字，一边想，中国人都是困守本土，尤其农民，一辈子都不挪个窝，这报纸是从哪里得来？

于是就打。董老爹的腰伤就是那时留下的，此后他就真成了个太监。

还是伪军大队长救的命，他麾下的一个后生跪着求他："长官，那是俺爹，他没念过书，不可能拿那东西传教，更不可能认识洋人，就是喜欢个女人。”

大队长弯腰扶起那后生：“女人谁不喜欢？我也喜欢，别怕，小董，我去给你说，老爷子这点事算什么，他皇军也要讲仁义，不能瞎胡来，不行俺们可以告到汪委员长汪主席那里去。”

大队长是义气之人，平日最信的就是个关公关云长，带兵的那套都是从《水浒传》里看来的，前不久在城外洼地里碰上骑自行车的共产党武工队，队伍被打散了，要不是董小巴冒死背着他跑了三十里地，后果不堪设想。

大队长在少佐面前一个立正：“太君，您虽是中国通，但有一点您有所不知，这豫东一带常年旱灾，盐碱地多，有的地方平日长个草都困难。再加上黄河、淮河一泛滥，房子可以冲走十几里。这儿的人大多有个习惯，惹不起躲得起，门都不上锁，出去要饭去，一走小三月，半年不回也常有，中原一带逛不够，还会闯东北下江南，顺手捡破烂是他们的乐事，但绝不会和米国人搅在一块，请太君明察。”

少佐一想也是，米国飞行员是前两年传出的事，谅这等小民也没那个胆量。

从此后，董老爹才对儿子当兵有了新认识，“爱球就球去吧，日他姐！”

离县城西去十五里，有一个张庄村。那里有个地主，叫张保德，是个国民党员，据说是念过黄埔几期，却从没到过广东，说是在武汉上的学，同学中有女生队，因为老想入非非，误入女厕，被开除了。关于大武汉的印象，他只说："跟武汉人说话，要先开口带个老子，不然你跟他说话就会吃亏。"日本人刚来时，他拿出米面，挨家挨户拉人参加联防团，说是要打鬼子和八路土匪，可武工队一来村里，他又说自己是共产党员，还拿出发黄的证书给人家看。

武工队给日本人赶走后，他成了皇军的维持会长，整日搞歌舞升平，办了个"共乐会"，首先把自己的丫鬟捐献出来，一共四个，由自己的三姨太带着慰劳皇军。没想到三姨太是肉包子打狗，成了横田少佐的浪里白条，整天在碉堡里穿着繁杂的和服张罗大东亚共荣事业。

张保德恨得牙痒痒的，跟大队长说："她娘家死了人，能不能让太君开开恩，准几天假？"

大队长回头来说："这还不是他妈的你自作自受，连她本人都不同意放假。"

已经当了副官的董巴子劝道："张会长，你还要她干什么？再去娶几个不就得了。"

"嗨呀，这周围几百里，愣找不出几个像样的，皇军一来，花姑娘更他妈躲哪去了，三姨太可是我送了三头根本不敢想洗澡的事。

张保德不指望那些河沟,他命人在他家后坡上打深井,钻下去两百米,终于见水了,又安了个类似风车的装置,把水不断绞上来,在他家后院里挖了五十尺见方的坑,用当地的土窑烧的陶砖砌了。他点子多,在坑下又掏开一片洞,像军队行军挖的埋伏灶,还有专门的烟道引出院外,两个小工专门负责烧火,那方池子里的水在冬天也是热乎乎的。

大队长为这招佩服得不得了,说:“不能告诉日本人!”张保德连连点头。

日本人在炮楼里用一米来高的木桶洗澡,时常使大队长感到像煮水鸭。张保德说:“那是武汉人在煨汤。”

而董巴子却莫名其妙地想:真把日本人煮几个该是啥情景?

这边,张保德暗自庆幸在黄埔军校学的手艺终于有一用的机会。他语重心长地对董巴子说:“还是要上学堂,不然没出息。我要像你这年纪,我还会去上学。我们黄埔系出来的都是大官,我们同学现在都是领千军万马的司令,都比我混得好。”

方池里从此莺歌燕舞,张宅每当被热池里溢出的雾气包围时,村民们就知道老总们又进村了。那雾气在周围山坡上绕来绕去,使秋天的颜色若隐若现,煞是好看。

开头用来擦身的，就是村东头的皂角树结的胰子果，这里人几百年都是用此果洗涤物件。后来，佣人在张宅西厢房仓库里找出那年张保德从汉口带回的肥皂，放的时间长了，都变色了，干得裂开缝。张保德使劲嗅了嗅，“这是檀香皂，还有味呢。”

三姨太从皇军那里回来了，带了两块横田少佐赐赠的东洋香皂，众人围过来闻：啧啧，香惨了！汉口带回的那玩意儿顿时身价大跌。

三姨太仿佛是留洋归来，她喜形于色地要告诉张保德一个共乐项目，当她把他叫到自己房里来捂着嘴一说，张保德把她一推：“我当什么呢，不就是煨汤嘛，你这一去还真他妈到了日本，几个月不想家。”

“哪是不想家，人家皇军怕秘密泄露，不放我人。”三姨太撒着娇。“屁，是你身上有几个屎眼的秘密，还是他横田肚脐眼上长出个鸡巴？”张保德一下子厌恶起她来。

“当然是军事秘密。”她柳眉一竖。

“你知道什么是军事秘密？”

“他们开会都不避我。”

“那你说说你都听来什么？”

“那是东洋话，我怎么听得懂。”

“就是了。”

张保德带她来到后院。“这是什么？”她问。

张保德叫佣人先将池面上的落叶清理了。

“哦，澡池子。”她搂住张保德要亲。

“把你那东洋味先洗洗再说。”张保德一声令下：“升火。”

一袋烟的功夫，那池子开始冒白气，继而越冒越浓，转瞬就把后坡小树林给遮住了。

三姨太惊呆了：“难怪听送盐的老乡说咱村老起怪雾，能看着雾的生成。”她自言自语。

董巴子在这池子里学会了游泳。

张保德当着大队长面说：“不许把俺村里的事告诉皇军。”三姨太说：“俺村有啥事可说的？不就是个池子嘛。”

但张保德自己却老往炮楼跑。横田给他许诺，每抓一个土八路，就记一次功，记了十次可以到日本一游。“可以上帝国的讲武堂吗？”张保德问。回答是当然，还可以有机会晋见天皇。

张保德心里乐开了花，当年蒋中正、何应钦等不也是留日的吗？他们一回来就可以当校长、当教官。我要能去，岂不是一来免了上自己学堂的没劲，二来可以直接升官发财。最紧要的是，听说日本澡堂名堂多，男女共浴、共厕，我要把那些引进到中国来，改变中国人的生活习惯。

功夫不负有心人。机会终于来了，张保德发现那丫鬟近日神神鬼鬼，老是主动要求去采皂角，而以前总说树太高，不易采。

他跟踪一看，果是那抢劫过他的冤家。他早就怀疑有内线，这小子，劫财又劫色，我张保德成全你。

又一想，对方肯定有枪，虽然自己也有枪，毕竟没有实战过，且根据以往经验，就是联防团多来几人，对方也溜得快，不如把他引进家门。

于是宣布按照皇军训练大纲，要带联防团到百几里外演习，同时串串各乡，增进与兄弟团的友谊。

暗中却埋伏下人。

那丫鬟胆子果然大，不仅带那情哥来睡觉，还居然在池子里趁夜色洗澡。

关于抓住这个情种的事实，张保德在必然的结论中还有着些许怀疑。情种本人更表怀疑。一切似乎太容易了；他进去和他相好的女人睡觉，并且洗澡，张保德埋伏下的人几乎不费任何气力（除了他光溜的身子因为有皂角沫而打滑外）就抓住了他。也许那一瞬间他还乱七八糟地想：我是抓不住的。连日本人都抓不住我。在敌人的老窝里风流才是真正的风流。

为了防止他逃跑，张保德甚至下令不给他穿任何衣饰，张宅的女人们在月光下都欣赏到了他健壮的身体。把他关了一夜，就在他和女人做爱的那个白天都很阴暗的小柴房里。第二天能起大早倒夜壶的村中妇女也有幸看到他吊儿郎当地被团丁们架出走过山场小路，张保德专门在进城的官道前租了驾骡马大车，把他装进车帷子里，以免引起县城里不必要的骚动。

张保德径直把他送给了日本人。那丫鬟待了三天，一直回想那一幕，她叫喊：不是我干的。

张保德说："对，不是你干的。"那情种微笑着："我知道不是你干的。"

其他女人却想："不是你干的又是谁干的？"

大队长对于张保德绕过他把游击队员直接送到皇军那里极为不满，这是违反程序的，起码也暴露了张保德根本瞧不起他这个大队长。

"日你姐，什么黄埔的？查黄埔祖宗三代也查不出你张某人来，俺爹还是浙江讲武堂出身哩，也轮得到你他妈的在老子面前摆资格。"

退一万步说，这也应该是军民联防共同立功的机会。

横田少佐面前这个土八路完全与在张保德面前时两样了，他成了一个痴呆儿。

任横田采取文道、武道、茶道还有其他什么连他自己也猜不出的什么道来，那人就是不招。

那女子找到董巴子。

董巴子不知怎么想见识一下自己的情敌，心中也早不自在，是自个儿让人家戴了绿帽子，尽管实际上那人头上各种帽子戴了一大堆。

他问大队长。大队长哼一声，“你也知道了？老张不够意思，别看平常他跟俺们一块乐，真是另长着心眼。”

董巴子道：“他正挨家挨户劝那些游击户到山上把当八路的亲属找回来，说要不然鬼子会杀你们全家。”

大队长言：“他把三百年攒下的人情都得罪光了。日后有他好戏。”

董巴子试探着：“那个人怎么着？”

“我想法子是了。”大队长就准备去找横田。

正好，少佐命人来差他。

横田问他有何妙法。

大队长见了人，故作惊奇：这不是长根兄吗？怎弄成这样？

便与少佐汇报：这人本是张保德联防团员，大概因分浮财不均，打劫了张宅跑了，张是借太君之手，公报私仇呢。这地界自太君来后，长治久安，共产党的队伍根本不敢靠边，再说八路也不是个傻瓜，能要这等贪财的废人。

也是天作美，八路大将彭德怀在北边打起来了，包围了皇军整一个军团。横田少佐叫大队长处理此事，毙了拉倒。还说你们蒋委员长有法，宁错杀一千，不放错一人。少佐本人领大队人马出动增援北方去了。

日你姐,我说破的办法,让你用在我身上,大队长松了一口气,来跟董巴子找对策。

董巴子这日在街上正碰上个抢劫的主儿,抢的也是个破衣烂衫之人,董巴子来气了,他妈的,你有种去抢有钱人呵,抢当官的去呵,抢皇军呵,就你这样也配当中国人,只会欺负自己同胞。

回来这么与大队长合计,说该这小子倒霉,让他替游击队去死吧。

上午毙了人,下午布告才上街,等张保德跑去,连游街示众都没看到,问人呢? 董巴子轻描淡写:内脏给皇军送到华北野战医院去了,其余喂了太君的狗。

怎么不打个招呼就给毙了? 张保德着急了。

怎么打招呼? 要太君到张府登门通报? 大队长揶揄着。

哪是那样? 张保德讪笑着。

游击队员长根告辞时,说:"我绝不会忘了二位的救命之恩。"大队长只要求他至少半年内不要在任何场面露头,也不要回游击队。长根答应了。"不然我们就麻烦了。"董巴子笑着说。

这游击队自从少了一员虎将,哪里肯就此罢休,趁皇军不在此地,闹腾得十分厉害,连续攻打各村各庄,县城的炮楼也挨了他们的土炸弹,把大队长的队伍压在里面不敢出来,街面乱得天天闹毛贼。

张保德先是逃跑主义,后来发现游击队并不知道是谁把长根抓去炮楼的,估计村里人没人敢说,怕他秋后算账。加上听说游击队首领也在武汉上过黄埔,心定下来,回了村,着人给游击队送了帖子。

那一天好不热闹,联防团全部立正欢迎游击队大摇大摆地进村。

张保德拿出好吃好喝尽数招待,首领说:“我们两年没吃到肉了。”

于是互叙往事,两人依稀记起在武汉同学中是有对方这么个人,便说不少细节、趣事。张保德又拿出他是共产党的证明来。

他说:“按照我党优良传统,人死了,开个追悼会。”追悼大会开得十分隆重,八路军分区的首长还来讲了话,说要加快打击小日本的步伐,把鬼子打回老家去。

没有尸首,也建了个特大型的坟墓,他家族人没人敢出来,还是张保德亲自摔的老盆,游击队员都挺感动。

张保德说:“人其实就是伪军们杀的,这帮人平时无恶不作,还专门喜欢糟蹋妇女,连我的丫鬟都不放过。”

游击队两百多号人每人都到张宅后院泡了三次澡,舒坦得个个亚赛神仙。每洗一次,那池子里的白沫污垢就浮起两寸来厚,佣人用葫芦勺子刮起来喂了一礼拜的猪。

首领的爱人在丫鬟帮助下洗澡,居然感动得哭了,那爱人同志是汉口来的学生小姐,好多年没有正经洗澡。她对丈夫说:“就冲这澡池子,我也不走了。”丈夫说:“对,我们要永远在这里,抗战下去。”

村里便三两天开一次大会,汉口小姐呼口号,游击队长和张保德各伸一只手去互相捏着,随口号声频频举胳臂,直举得张保德眼冒金花。游击队员和村民还要排着队在他们面操过来,又操过去。

接着就是攻打炮楼。

炮楼真个是结实,游击队没有重武器,子弹打上去像小孩的嫩牙啃墙壁,那些鸟枪、铁砂火枪打过来只能引起一阵土灰。游击队在铁皮桶里烧鞭炮凑响声,大队长一下就听出来了:这他妈哄皇军的干活,土八路也做得出来。

伪军们先还很害怕,后来也镇静下来,连枪也懒得还了,还打扑克牌,着二人看着外面情势,游击队一想冲锋,就用机枪把他们扫回去,不冲锋时,伪军们就隔个十来分钟朝外乱放一阵枪,表明楼里的人还没睡着。

游击队员中有干过泥瓦工的,就建议挖地道,直通炮楼底下,到时候在那里放个炸药包,让炮楼坐飞机上天。

游击队便除了炸鞭，也不放枪了。

两天后，大队长疑惑了，怎么个意思？你不进攻不撤退，到我这安营扎寨唱大戏？

拿起望远镜仔细一看：怪了，八路怎么全干起农活，挑土的挑土，平地的平地，热火朝天。

董巴子看出名堂来：“队长，你听说过冀中平原的地道战吗？”

大队长一身冷汗就下来了，你的意思是……

董巴子拉着他下底楼来，用大面盆扣住地下，仄耳去听，隐隐地听得挖泥声。

董巴子说：“队长，只有一条道，我带弟兄们绕到他们后面去打一阵，看能不能解围。”大队长说：“他们人多，恐怕还会中他们埋伏。这么着吧，我叫邻县的弟兄派兵来增援，一起合围，把他们赶跑算球。”

便着一快脚溜出去，因电话线也被游击队剪断了。

按约定的战术，两边夹着游击队猛攻，为了便于接近敌人，董巴子让手下的都穿百姓的衣裳，命邻县伪军也如法炮制，结果少数几个没脱军服的人成了活靶子。一交火就被打死了。大队长为了鼓舞士气，也亲自冲出去督战。两边迅速靠近，这边士气明显高出一截，到了月上三竿，对方终于有人打白旗投降了。

炮楼周围是附属建筑，平常是伪军的宿舍、仓库什么的，皇军一走，伪军全搬到炮楼里了。大队长令把俘虏先带仓库里来。

一个小个子跪拜在地大声痛哭，大队长端坐在椅上喝住："你们前几天那样儿哪去了？"

小个子上去抱住大队长一条小腿求长官饶命。大队长一甩腿把他踢出一米远："老实点，你这样简直给八路丢脸。"

这一说，俘虏们忽然明白过来了什么，纷纷报起自己的身原来全错了，对方不是游击队，是邻县来帮忙的弟兄们。

"你们的头儿呢？"董巴子问。

"全给打死了。"俘虏们说。

大队长气得几乎憋过气去。这仗怎么打的？说出去不成了个笑话。

董巴子一分析，肯定是狡猾的八路在合围中趁夜色溜了，让我们两边打了半天。

董巴子问小个儿："你叫个什么？"

"王黑蛋。长官，听您口音好像是……"

董巴子随便回答了个地方。

小个儿马上笑着："长官，那我们算一个地界的，俺爹就是淮滨镇上人。"

董巴子打断道："淮滨人都他妈好打架，你他妈却这德行。"

小个儿讨了个没趣，垂手站墙角里去了。

大队长下令："拿出好吃的，招待弟兄们。"

"乖乖，你们有这么多好吃？"小个儿大概忘性大，一会儿又和董巴子攀上了。

"你们那吃啥？"

"别提了，断顿两天了，地主家几年的麦子都吃光了，喝地菜汤过了六七天。"

"这年头没办法，我们这儿也是因为有皇军驻防才有得吃。"

歇了两天，邻县弟兄们的菜色脸才透出人色来。对方大队长派人来要人：原来那边也发生游击队袭击，急需人马回去救驾。

大队长给每人发了一升黑面粉，还派了一盒烟，送走了他们。

刚入夜，炮楼外又有人马嘶喊起来，游击队又回来了。炮楼里马上把油灯都灭掉。

大队长吼道："日他姐，太可气了！"

大家伙全往外放枪，董巴子旁边一个人往外甩了好几颗手榴弹都没响，扭头一看那小子全没拉弦就丢出去了。

"你小子就慌成这样？这不全成了给人送菜吗？"董巴子低声斥责，借月光一看，这不是王黑蛋吗？"你咋又回来了？"

"我不走了，当了俘虏就不好再回原队伍了，再说，我到哪儿都是外乡人。”王黑蛋心里却说：这有吃不完的馍，我还上哪儿去？

“你得拉弦。”董巴子再次提醒他。

“拉什么弦？”王黑蛋显然不是故意装孬。

董巴子急了：“日你姐……像这样。”

他做了个示范，炮楼外就有一声巨响。

大队长操起号筒喊话：“八路弟兄们，你们有种，就去打日本人去！”

对方似乎像山谷回音，也喊起话来：“伪军同志们，你们有种，就别打我们！”

“你们到底，想怎么着？有完没完？”

“你们别装……糊涂，我们要炮……楼来了。”

“搬得动吗？皇军可是……马上要……回来了。”

“别吓唬……谁，你们已……陷入……人民战争汪洋大海了。”

王黑蛋说：“他们就是要枪。”

大队长望望他，回身对外喊：“你们是……不是要枪？”

对方一阵沉默。

大队长又喊：“如果你们……同意撤走，我们就……给你们发枪。”

对方回话：“要一百条……大枪。”

大队长喊：“都给……你们了，我们可……不就没事……干了?"

"那把……机枪给我们……一挺。"

"我们也……只有一挺,再说,是跟……皇军借的,给你们了,我们就……没法交代了。"最后商量的结果是:给十条三八大盖。

游击队果然守信,在双方指定的中立线,王黑蛋送去了枪,游击队作为感谢,留了两条腊肉,一袋上白面,然后消失在夜幕中。

大队长一看王黑蛋拿回的东西:"日他姐,这是张保德家厨子做的东西,这味只有他做得出来。"

王黑蛋的口水已关不住了,像泉水一样在嘴巴里咕噜咕噜地响。

大队长问他:"你咋这么清楚他们是要枪?"

王黑蛋咽一口沫子:"我在他们队伍里干过。"

"什么? 你当过八路? "大伙儿全惊奇。

"俺要饭时,碰上他们在街上刷标语,给了俺一顿饱饭吃,我就随了他们。后来打仗,俺被俘虏了,才当了皇协军。"

大伙儿像听评书似的听他讲自己的故事:八路队伍里没武器,只发给他一把砍柴的刀。进了皇协军,也没发枪,只发了一个手榴弹,他至今以为是砸人用的小铁锤。

"日他姐,幸亏你没捏在手里砸。"大队长说。"留下就留下吧，那边也只当他这没用的东西阵亡了。可有一点，再打仗可不兴投降了。”大队长警告他说。王黑蛋点了头。

横田少佐回来后，听说八路来炸过炮楼，伪军丢了十支枪，便把大队长关了禁闭。

游击队也从张庄村一带消失得无影无踪了，除旁墙上一些泥水标语，八路好像从来没来过这里一样。

张保德穿着长袍在村民会上说：“我说的是吗？皇军一回来，他共产党还得走，我知道有人背地里骂我两面三刀，可你们想想，我这是为了张庄村的好处，否则，按皇军的三光政府，这村早没活人了。”

他听说大队长倒了霉，赶紧提着山货往炮楼跑，要在横田少佐面前保大队长出来。

横田说：“你还保他，他可在背后说你坏话。”

张保德说：“这中国人都这习惯，太君您见怪不怪，好歹大队长保住了炮楼，皇军的枪不大大的有吗？”

横田说：“听说你那有青花瓷。”

张保德明白了：“有有，还是明朝万历年间的，小的这就给您取来。”

大队长出来后，登门给张保德拜谢：“让你破费了。”

“哪里哪里，我那玩意儿多了，他皇军不来抢也就仁义之师了，再说这玩意儿现只有日本人看得上眼，幸亏横田是读书人出身。”

二

日本人投降前夕，横田少佐特意来了趟张庄村，他脱了军服，到了张保德家，张保德竟一时没认出他来。

张保德只觉得三姨太房里有说话声，心存疑惑，站门口听了半天，一会儿懂一会不懂，肯定有个男人没错，闯进去就要发作。

三姨太叫他男人戴起眼镜。

“太君。”张保德一脸尴尬。

“横田要走了，特来告辞，瞧，给俺们这么多光洋呢。”三姨太居然直呼少佐大名，就像在床上唤他保德那样亲切随便。

“多多打扰，宝珍就请你以后多多关照了。”横田就像把自己老婆委托给他一样，宝珍是三姨太的小名。

张保德一想到形势，一脸正色：“没关系，宝珍是我屋里的，还能亏得了她。”

横田一走，张保德才想起问：“你咋会说日本话了？以后可不许再说，否则要出麻烦的。”

宝珍说：“他日本人走了，俺跟谁说去。”

张保德说：“好像，俺们应该把他抓起来。”

宝珍说：“别胡来呵，俺可不能乘人之危。横田在这里时治安不是好多了吗？他也没杀什么人，他本来也是不情愿打仗的，上头命令你能不服从吗？他完全是冲着中国文化来的。”

“上头命令？什么上头命令，上头也是今天这样，明天那样，要有办法对付，像我这样，今天是这个上头，明天又是那个上头了，都那么完全不打折扣执行，早挨枪子了。其实他横田也跑不了，这么大个地界，中央军、八路军，要过多少关口，不如让我们立个功。”

“你尽想好事。横田准有办法，最不济，也得投降中央军，那是政府队伍，会严格执行国际俘虏公约，落八路军手里，一人一巴掌也给抽死了。不过，横田是中国通，可以装中国人。”

“那是，装个教书先生什么的，我都认不出来。”张保德道。

日本人一跑，大队长慌了。“俺又能跑到哪去，到哪儿都是如来佛手心的地界。”他说。董巴子也想不出办法，像和尚还俗一样脱下这身狗皮回家去恐怕也不行。

王黑蛋说：“不就是投降吗？”

“日你姐，只会投降，投降就没事了？”

“大队长，不投降咋办呢，俺打得过谁？”

“问题没这么简单，现在有两支招降队伍朝俺们这里来，中央军、八路军，投降谁好？”

“谁管饭，就投降谁。”王黑蛋主意已定。

“他妈的，你就没个好孬标准。”

董巴子说：“大队长，这话也有道理。”

“那我们就投降中央军吧，他们有米国人支持，军装都是卡基布的。”大队长说。

但是最先来到炮楼底下的却是八路军。

听到下面一喊话，大队长又无主了。王黑蛋说：“先扯一块白布吧。”

这时听见有人大叫董巴子：“我是长根哩！”

董巴子乐了：“大队长，没错，投降吧，那人是俺们上次放掉的共产党。”

三姨太宝珍这年秋天生下个胖小子，照理说这抗战果实应使张保德高兴才是，可他知道自己一直不能使太太们怀孕，这小子能是谁的种？三姨太不耐烦了：“愿认就认，不认拉倒，反正是我的儿子。”

这事不知怎么传到外面去。村民们很有看法，一种意见是张保德是汉奸，日本人在的时候，只有他出去合作；一种意见是，三姨太才是汉奸，张保德是为了保张庄村才不得已而为之。

不管怎样，各地都在惩处汉奸，村民们开会也要斗汉奸，就把他们两口子拉上台去喊口号。大队长、董巴子们被长根仍然派为维持治安的，听到汉奸一词，也不禁身上起栗子。

张保德在大队长看守他时说：“兄弟呵，你我是过来人，你知道我的为难，可现在哪说得清楚，只有你能救我呢。”

大队长叹口气：“是呵，我不会忘了你那一堆青花瓷。”

两天后的一个晚上，长根来到禁闭室：“张保德，你以为我会公报私仇吗？我们共产党人不是那个种，如果我现在还是一般平头百姓，我早把你撕了，可我就要留着你，改造你，把你改造成人，这是我党一向的政策。”

“是是，长根兄，我确实不是人，我改造，我改造，我是个犯了问题的党员呵。”

“收起你那套吧，你算哪个党呵！”

“当然，当然是共产党。”

“少胡说，共产党没你这一号。”

再开大会时，群情激愤，一致要把那个越长越像横田的小家伙拉出来掐死。长根跳上台去：“乡亲们，大家的心情我理解，可是我们党是有政策的，大人犯事，不要泱及孩子，出身是没办法选择的。现在，国民党反动派正在调集军队，破坏和谈，妄想进攻我广大解放区的百姓，我们当务之急，是要抓好土改，巩固人民的胜利果实，一切以此为中心。”

过后不久，为防不测，三姨太带着孩子失踪了，连张保德也说不出她的下落来。

张保德主动让出大片上好田地供乡亲们选择，张庄村的土改很顺利地就完成了。

局面安定以后，要搞新式民主选举，对所有的村民进行登记，审查选举资格，十八岁以上的男女，只要没有神经病，抗日时没当过汉奸，都有资格参加选举。村里街道旁的布告牌上张贴了全部登记名单，有选举资格的，名字用黑色写出，无选举资格的，名字用红字写出。

村里只有宝珍一人的名字是红色的。

选举委员会把村子按方位分成几片。每一片推举出一组候选人和一两个预备候选人。选举前的一星期用于竞选活动。这些人都没有党派纲领，就说出个人想法来竞选。

到了选举那一天，村民们聚集在村头的宗祠里，由于许多投票人不会写字，投票方式是用几个不同颜色的碗，每个碗代表一个候选人，投票人选谁，就往谁碗里投一粒豆子。豆子由选举委员会发，谁要自己夹带豆子，查出来扣他三分。

结果张保德的碗里豆子最多。

他的竞选诺言是：

一、我要保卫土改的翻身果实。

二、我要带领大家狠狠地打蒋介石。

三、我要办好公学，让全村人识字。

那个游击队长原来是长根的顶头上司，因为接管某县时去玩妓女，结果放跑了一队日军，受了处分。他一直不满长根的领导，这段时间就一直搜集长根的黑材料，不断汇报本地区如何不惩治汉奸，如何让地主继续当村长，如何压制农民的积极性等等。

上面派了工作组来检查，原游击队长又说，长根被日本人捉去却没枪毙，一定是叛变了革命，而且有半年时间不知在何处，属历史不清白。

长根预感到自己要被撤职，写了介绍信给董巴子他们，到东北去吧，你们属于反正起义的队伍，到四野去好好打蒋介石。

游击队长又走上领导岗位后，非但没有撤张保德的职，还允许三姨太回来了。村民们大部分不知中间发生了什么变故。

三姨太回来可就换了个人似的，她不再年轻，脸上起了肉折子，只是打扮得更加浓艳。据说是到哪座山哪个庙得道成仙了，天天在家招神弄鬼，香火缭绕，把张宅弄得像个观音堂，连张保德都不知她是真是假，或何时是真，何时又是假。

三姨太现在有个道名唤作悔通。由于她发功治好了一些丫头媳妇的怪病，一下子在方圆百里有了名声。她把以前的“共乐会”改成了“共信会”，专门教唆那些病好的女人打扮得花枝招展去勾引男人。她首先就治服了游击队长。

张保德心想:反正只要不撤我的职,随你去吧。

张保德在竞选时许诺的第三条,一直没有具体兑现,村民们也无人过问,至于前两条保卫土改果实,实际上就是不收回自己的土地就行了。而打蒋介石,则完全成了一句空话,蒋介石又不会到张庄村来,以后蒋介石的队伍中央军打到张庄村来时,他张保德又摇身一变,穿着藏青色的中山服,戴上呢子帽,成了党国一员。

引起村民轰动的,倒是他开放自家澡池子的义举,他宣布每月最后三天,是全村男女老少轮流洗澡的日子。此举居然从此改变了张庄村人的历史习惯,他们尝到了泡澡的妙处,这也是张庄村人最终与河南人在习俗上有本质区别的重要原因。

这样每月最后三天,张家猪圈里的食槽就堆满了人身上洗下的白灰沫子。

只有三姨太强烈反对。因为这干扰了她的"共信会"活动。那些小子太脏了,这池子的臭味冲三遍水还洗不掉。她愤愤不平。

张保德说:"不就三天吗?我要想保住村长,就得这样,开了头就不能变。"

"其实我早就觉得你好。"游击队长在池子里游了一圈,回来爬上池边对宝珍说。

“我哪里好?”宝珍明知故问。

“能干、漂亮、会体贴人。”他笑眯眯地说。

“比不上你那汉口小姐吧?”

“她不如你,娇气,只会骂人。”

“怎么好久没见了,生孩子去了吗?”

“她是个不下蛋的母鸡,咱们离了,她回她老家去了。”

“别不是你把她气跑了吧?”

“其实那事算什么?你家老张还正经娶几房呢。你咋就没那心眼?”

“你咋知道我心里没想法?俺家穷呵,得认命。再说,你是革命队伍的,讲究一夫一妻。”她一直受这教化。

“跑了还好些,我又不靠她吃饭,小资产阶级家庭,我们早就格格不入。”

“那你是谁的人?”

“你的人。”

“看我不撕了你的嘴!”

三姨太的活动一多,张保德的心里也就轻松下来,因为游击队长的活动就少了。要不,他成天张罗要开大会,要喊口号,要检阅操来操去的队伍。张保德早就烦了,心想,共产党该不都像他那样的吧!

大队长、董巴子、王黑蛋一行北上十几日后,到了开封。

结果开封并没想象的那么好，满街都是要饭的，市面萧条，也不知是运气不好，还是开封不欢迎他们，迎面而来的女人们也都土头土脑，还不如张庄村的。

眼看盘缠也用了不少，董巴子建议边走边要饭。大队长哪里拉得下这个脸面，说："俺们多少也算个堂堂男人……"

王黑蛋说："这样吧，我出面要，你俩身上都有官气，要也要不来。"

大队长让了一步："俺俩就找份工做吧。"

董巴子说："那咋成？还要赶路呢。"

他们已经碰到过几次共产党的部队，大队长都想跟着走。董巴子有主见："这共产党认介绍信，东北那边是长根的兄弟，熟人待俺要好些，你没听说吗，东北可富了，天天吃肉、吃白馍。"

正这么做着梦，却遇着一大群国军伤兵，三个人全被抓了做脚夫，每天饿得前心贴后背，还要推着胶轮车走上几十里，车上尽是伤兵们抢来的各种东西，敢情他们就是从东北战场上撤下来的败军。

董巴子试探着问："老总，你们什么时候放我们？"

"过了平汉铁路就放。"一个伤兵说。

"放什么？跟我们回老家去。"另一个伤兵说。

看来只有想办法跑。三人用目光交流着。

又到一宿营地，下半夜，趁哨兵不注意，三人溜进夜色里。

伤兵们开了一阵枪，大队长中了一枪，伤兵们倒也没继续追。但大队长在走了十来里地后，终于倒地不起，不论董巴子、王黑蛋怎么鼓励都没用。

“俺们当兵的，迟早是吃枪子的命。”大队长说完就闭了眼。

游击队长对宝珍提出的要求镇住了：她要求和他结婚。他这时才感到自己心里其实并不喜欢这个女人，只不过逢场作戏罢了，便说：

“保德和我是黄埔同学，我怎么能那么做呢？”

“这有什么？其他解放区这种事多了，我要求进步，不愿再当地主的小老婆。”

“说出去不好听，老张怪我怎么办？”

“不会的，我了解他，他巴不得早点休了我，再娶新房来。”

“可你不知道，我们结婚要经过组织审查，未经批准，不结婚。”

“哪个组织这么霸道？我不信共产党这么没人性，结婚是两个人的事儿，跟别人无关。”

“我和你说不清，我们要结婚，我非挨处分不可，我挨了处分对你也没啥好处。”

“你该不会是嫌弃我吧？”

“你我交心，我实话告诉你，上级不让我和成分高的人结婚，你政审通不过。”

“啥叫成分高，他张保德成分高，跟我可没关系，我的家庭成分是贫农。”

两人这么就谈崩了，宝珍顿然情绪低落。

这日她摆上香案，一副鬼魂附体、失魂落魄的样子，口中念念有词：中央军要来，共军要走，此乃天意，天意已定，人不可违。

张保德可就吓坏了，他早觉得最积极参加“共信会”活动的游击队长有日子不来了，也不组织什么游行大会，心中觉得有事要发生。

他拉起宝珍：“说什么哩？说什么哩？”

一边赶走那些女信徒们，宝珍口吐白沫，还是一个劲地说。“你想挨斗吗？”张保德急了。

正在人们将信将疑之时，国军之一部真的打到张庄村来了。

游击队长做出了惊人之举，他下令投降。他不仅投降，还把坚持抵抗的长根都关起来，押在张宅仓库里。

后来他看那国军团长又是同学，也是武汉黄埔的。

张保德没想到游击队长会急转这么大个弯，暗自说：比我还变得快。他一面以村长身份出面应酬，一面把消息通给长根：“你得学会投降，否则他们会杀了你。”

“败类。”长根说，“我绝不会当他们的俘虏。”

“那你只有走。”张保德说。

“你能放我?”

“你能放我，我为啥不能放你。”

在长根跑了两个时辰后，张保德院里才响起枪声，那仿佛是在为他送行响礼炮。

董巴子和王黑蛋眼看到了热河的地界，却又被流兵冲散了。董巴子最早被抓了壮丁。他首先被搜了身，仅有的几块现大洋充了公，幸好那介绍信被他事先缝在衣服靠肩的衬子里没有暴露。没几天给发了一身国军军服。新抓的壮丁们排成一个方块接受长官训话：“兄弟我在此以蒋总统的训示向大家讲几句，你们已经是国军的人马了，以后要以中山先生的三民主义为思想，要有精神，打起仗来要冲在前面，立功有赏，犯事要罚，开小差则要军法从事，枪毙，共匪就在我等的前方，说不定明天就要打起来……”

一个要饭花子忽然冒出来打断讲话：“报告长官，我也要当国军。”

董巴子一听，这不是王黑蛋吗？怎么自投罗网？

长官非常欣赏地问：“你为什么要当国军呢?”

“因为国军里有我的兄弟……”

“答得好，这些都是你的兄弟，但是，你的精神面貌还不行,你首先要洗个澡,吃个饱饭。”

队伍果然是向北方前进。

第三天就交上了火,王黑蛋说:“俺们得想办法投降,要不,非得打死不可。”

如此这般一计划,王黑蛋首先请缨:“报告长官,我先去侦察一下。”长官表扬他:“好样的,可得活着回来。”王黑蛋说:“放心,死了就不回来了。”这一去到天黑又天亮也不见人回,长官说:“难道他妈的真死在那边了。”

董巴子请战要过去看看,长官留了一手:“算了,别让共军把你也抓了俘虏。”

半月后,董巴子所在国军被包围,其实他还不知道国军被围人数之多令人难以想象。董巴子和王黑蛋各在一个阵营中参加了举世闻名的辽沈战役。

长根被上级重新任命为这一带的共产党领导人,他带队伍攻打了几次县城,把日本人在时没能攻克的炮楼给炸掉了。他现在有了诸如迫击炮之类的重武器,经常和国军大部队交火,闹得附近几个富裕大村不得安宁。在把守森严的张庄村,他居然还像游自己后院似的想去就去,想走就走,在街道上刷大标语,指名要惩治叛徒。

国军团长说:“我们这里的戡乱首要就是消灭长根。”原来那个游击队长现在成了幕僚。他又召集会议，由国军团长讲话。

“共产党在这里实行的土地政策非常好，我不想加以改变，除了民兵队长和本村的共产党头目，普通群众概不追究，大家不必害怕。不过，你们当中有些人受了共产党宣传的骗做过错事，只要到村公所去，在悔过书上签上名，什么事都没有了。”

聪明的农民说：“我们就是受了那个游击队长的宣传，他要我们打倒国民党。”

台上的人顿时就狼狈起来，大会草草散场。

却也有些家属没识破这个诡计，把藏在山区的亲人召回来悔过，结果国军团长一声令下，全给当众处决了。

张保德急了，因为他也在台上坐过，虽然没说什么话，这一下死了这么多人，日后共产党打回来怎么办？便要辞去村长职务，团长不同意，说：“你身为黄埔系统，在党国危难之秋却要逍遥躲避，是何思想？”

他又去找游击队长。哪知对方比那团长还厉害：“张村长，你是不是盼着共军早日打回来？我可知道你的底的，长根怎么跑的你不会不明白吧？”

张保德只好求助于三姨太，宝珍闭上眼弄神弄鬼一番说：“杀人如麻，必不长久，中央军要走了。”张保德急忙问：“啥时候？”宝珍意味深长地摇摇头。

国军下面的官兵也开始厌恶自己的布防，他们找农民要大烟、鸦片。农民说:“俺不知道哪儿会有这玩意儿。”兵头儿说:“你可别糊弄我,八路军在这里时,庄稼人埋了不少烟土,无论如何得给我搞点来。”

几天后,农民回话:“有一点,但价钱很高。”

兵头儿说:“没关系,把这些弹药拿去卖了,这一箱可值十万元。”

“可俺卖给谁呀?谁会要子弹?”农民装傻。

“送到游击队那去嘛,他们会买的。”

“老总,俺可不敢。”

“放心,你只管去,保你没事。”

淮海战役在隔壁打起来后,长根犯了个致命错误,他被形势冲昏了头,居然在一个满月的夜晚去张宅找相好的丫鬟。这晚上恰好碰上原游击队长来找三姨太。双方虽然都没准备,长根还是拔枪快,打伤了对方,但他最终没逃出村去,被国军俘了。

这事后来被村民们传成了一段恐怖故事:相好的丫鬟跑到拘留所,浑身哆嗦,哀求道:“让我见见我的男人一面吧。”

看守动了恻隐之心,说:“你到街上去吧,就见着了。”

她一听,以为放了人,马上跑到街上,果然见着了。可她男人已成了什么样呵,一根木杆上挂着一颗血淋淋的人头,眼睛被挖出来了。丫鬟一看就疯了。

她爬呀爬，想爬上去取那人头，三姨太带用人把她拉回去了。

那天夜里下了大雨，人头掉到路上。鸡叫头遍后，丫鬟醒了，冲出去找到男人的头，把那头抱在怀里，捧回来，没有一个人敢靠近她。她在坑上躺了三天三夜，又是亲又是摸，好像她男人还活着一样。她凶得像一头母老虎，又像一头下了仔的母狗，任谁说什么她也听不进去，到第四天晚上失踪了。

过了十几天，人们在村外的坟地上见着她的尸体，还抱着那颗人头。

是那原游击队长建议迅速处决长根的，怕夜长梦多被他又跑掉了。

天下着大雪，飞机开始空投，因怕解放军阵地上的炮火不敢低飞，结果好些大降落伞都摇摇晃晃飘到对方阵地上去了。

董巴子已饿得没有了感觉，他只觉得自己身轻如毛，但就是挪不了窝，好像很有趣地看着国军官兵在那抢空投食品。

他盼望已久的时候终于来了，解放军的第九次冲锋攻克了他所在的防线，他除了和其他人一样把双手轻飘飘地举起，什么也不想干。

当王黑蛋走到他跟前时，他甚至连惊异的表情都做不出。听到王黑蛋的话仿佛耳语一般：把手放下吧，有我呢。

王黑蛋作为解放军战士，已经打了十几场硬战，到目前为止，他不知由自己发射出去的子弹到底打死打伤过多少人。也许一个敌人也没打着过。他只知道自己从未受过伤，这被班里的人称为奇迹，排长还特意表扬过他，就是要像王黑蛋那样，善于保护自己打击敌人。

董巴子全身的血活过来后，笑着对王黑蛋说："这回是你把我俘虏了，俺们谁也不欠谁的了。"

"我俘虏的人多了，可你是头一个河南老乡。"

"你找到四野那个人了吗？"

"没有，俺记不清他叫个啥了，介绍信不是在你身上吗？嗨，都是革命队伍，投奔谁不都一样，你看，俺这班有三个都是解放战士呢，你是第四个了。"

1948年底，王黑蛋、董巴子所在的部队解放了张庄村一带，王黑蛋已当了班长。尽管张庄村不是自己家乡，但毕竟应算老窝，自己解放自己老窝，有多少人能有这个福分，这种威风？

张保德也孤寒起来，再次见面，他身上衣着也不那么光鲜了，由于生产没搞好，仓库的粮食也空了，除了笑脸依旧，什么也拿不出来。

村里百姓吃粮反而要部队供应。

两年多没见，村里破败多了。村民们简直是排着队来控诉国军团长和原游击队长的罪行，特别是叙述长根及他女人惨死的经过。

张保德也知道了大队长之死，几个人对坐着，一会儿感叹，一会儿沉默。

清算大会开始了。这一带有两万人参加，很多小脚女人不便来开会，人们就先押着国军团长和原游击队长到各村游街。第一个村子到了，刚过头一所房子，一群村民手拿钢叉、锄头、长矛、棍棒涌过来，一个手拿剪刀的女人高喊："俺恨不得吃了他俩的肉！"干部们一看群众的来势，知道这样下去不等游到会场就会被打死。于是规定：大伙儿可以打他俩，但不许打死。

这是什么样的仇恨呵，这一带几乎家家户户被他俩抓过壮丁、拉过差、扣过粮税，游击队员的家属更有死了亲戚朋友的，不是这个游击队长掌握那么详尽的资料，那些人大部分都不会死。

他俩被押着一村串一村地走了五六十里路，每到一处都受到群众的怒骂。老乡们遵照干部的规定，不动家伙，但你一拳我一脚，还是把他俩揍得半死。有人坚持要用菜刀割他俩身上的四两肉，战士们费了很大劲才拦阻了他们，结果还替那两人挨了些拳脚。

那团长还挺得住，那叛徒可就不行了，下午又到一个村子，他当街停下来，满脸淌血和汗，像小孩子一样哭叫起来：

“看在几年乡亲的份上，请行行好，给我一块手巾擦擦脸吧……脏手巾、红手巾都行。”

有人说：“给他一块骑马布吧。”骑马布是女人的月经带。众人立即哄笑起来，接着又揍他。

战士们喊：别往死里打，还没开会呐。

一个妇女从村里到野地跟了一路，不断用长指甲抓他们的脸。

游街示众后，本来准备还在张庄村会场开会，无奈人太多，只好在村旁松林地临时搭起一个台子。在一棵棵树身上贴着纸，上面写着被他俩害死的人的名字。

王黑蛋代表政府宣布，将要处决这两人。

众人急了，一劲乱喊：“先让我们打一顿，不打不解恨呀！”

王黑蛋请示了一圈部队首长，大声说：“大家伙儿不要乱往台上跑。要揍也得分批来，得有个秩序才行。”

张保德很惊异：这小子变得这么有出息了，几万人大会都敢说话，解放军是改造人呵。

第一批就有十几人上台，像打群架一般。

越到后面，越控制不住人流，上台来的人都带着小家伙：什么剪刀、菜刀之类。

后面的人着急了，狂喊：“别把他们打死了，我们还没轮到呢？”

大会开了四个多钟头，眼看到半夜了，干部们怕出问题，算算大约只有几百人过了手瘾，后面要轮到恐怕得到大后天去了。

王黑蛋喊道："谁受他们苦最深的举起手来。"他忽然感到不该这么喊，这不是在战场上抓俘虏。

可他话音刚落，会场四周齐刷刷举起一排排小树林般的手臂，在松明子火把照耀下分外壮观，一眼看不到边。

没办法，只有先枪毙他俩再说。战士们不理群众强烈反对，把两人押到松林里解决了。

然后用两领芦苇席裹了尸体。王黑蛋问了半天他俩有没有亲属到场，都没着落，便宣布弃尸散会。

众人等战士们撤走以后，揭开席子，继续用棍子打。一个男孩儿用梭镖在叛徒身上连戳了十八下，边戳边喊："你叫人砍了我爹十八刀，我也戳你十八枪。"

最后，人们把俩尸体上的首级揪下来，一连很多天很多人来看，有人指着俩脑袋说："从前好不威风，到底也有今天，死了还有这么多人要来看你们。"

张保德听说，也去看了下首级，回来就讷讷自语：真残酷，真残酷。

事后他提供了棺材把尸体葬了。

张保德问董巴子、王黑蛋："你们就不走了吧？"

"走，怎么不走，还没解放全国呢，休整完了部队就要开拔。”王黑蛋说。

“我可给你们留下了十几亩地，上好的水浇地。”

“不用了，谁知道俺们以后会在哪儿落脚呢？上级说了，最后解放的地方就是我们的家。”王黑蛋又说。

“那怎么好，俺河南人虽说四处逃荒要饭，最后还是要回家乡的嘛。”

董巴子说：“对，张叔说得有道理，我还是要回家的。”

张保德最担心的是自己的成分，他预感到这一解放对他也没多少好果子吃，他要求二位世侄把他的成分划低点。

根据现在张保德拥有的土地，再剔除十九亩，他就只够上富农的线。

王黑蛋爽快地说：“张叔，行呵，我要了你那份地。”

董巴子说：“我也要了。”

王黑蛋、董巴子随队伍又打过长江，最后还打到中国的最南端：海南岛。

中华人民共和国成立了。他俩本来都可以作为南下干部留下来，不愿在岛上的可以安排到华南其他地方，甚至可以到广州去。

但他们都患了水土不服症，潮湿、多雨，加上太阳太大，蚊蝇、臭虫、老鼠搅得他俩整日不得安睡，经组织上批准，他们一起回了老家县城。

这时候的县城已有了自己的政府，他俩打过仗、立过功，安排当官，位置满了，当兵，又不合适。

还是两人自动提出到张庄村落户。

两人真的侍候起那十几亩水浇地来。

张保德的大太太病死了，二太太向政府告状与他离了婚，唯宝珍带着个大男孩算他正式妻子，新政府要求是一夫一妻制。宝珍一直就想要摆脱小老婆的称谓，这时候高兴地说："保德，还是我对你最忠心吧？"保德连连点头。

那男孩就开始念书了，越长越像那横田。张保德叫宝珍多看着点他，不要随便出门，以免村里人想起往事。

张保德以富农身份过起了新社会的日子，他坚持不当村长了。经过民选，董巴子当了村长，王黑蛋当了副村长。

三

50年代的第一个夏天，董巴子、王黑蛋又想到了打仗，县里宣传员来说，美帝国主义在北边打起来了，在一个叫什么朝鲜的地方。

一问，敢情是外国。外国打仗跟俺有啥关系？两人都有点糊涂。但毛主席有话，要保家卫国。

上面来招志愿军。“啥叫志愿军?”董巴子问。对方说:“就是自动去当的兵。”王黑蛋问:“那跟解放军有啥不同?”对方想了一下:“没啥不同,都是革命,不过这回要打的是蒋介石的后台美国人,而且是到外国去打。”

“这地看来不是我们能种的。”董巴子说。

“俺还是当兵吧,不愁吃喝。”王黑蛋也说。

董巴子和王黑蛋就这样成了中国人民志愿军。穿上那扎得像被子一样的带道道的军服,雄赳赳、气昂昂地跨过鸭绿江了。

董巴子、王黑蛋所在的H师刚刚通过以前日本人架的桥,战争就横在眼前。

那个冬天出奇的寒冷,冻云中忽然出现了一大群乌鸦似的轰炸机,像雨点似的投下凝固汽油弹,几百平方米的面积瞬间变成一片火海,几百人被活活烧死,并且一下子烧成了灰。

董巴子、王黑蛋先离开队伍冲到附近树林里,有人喊:“别去树林,烧起来更可怕。”但他们不听,暴露在雪地上更厉害。

还好,飞机没有往树林里投炸弹。他俩从长筒袜一样的袋子里掏出干粮吃了,赶着几匹驮着重武器的马重新上路,机关枪拆开来由两人各背一部分。

翻越雪山时,不时有人滑倒,掉下山去,发出阵阵惨叫。这样走了一星期,口粮就全吃光了,以后的六个星期行军,只好见什么吃什么。白天,飞机一见有东西移动就轰炸扫射。

有人开始发牢骚:“美国人真操蛋,老在天上不下来,有种下来打。”

一边骂娘还得一边找地方躲,晚上也不能生火取暖。董巴子有一双手套,王黑蛋有一条毯子,两人就用毯子把自己裹在一起,一人用一只手套。白天休息时,上级要求大家只能蹲着,以便集合令一下就能马上转移。偶尔可以打个盹。董巴子、王黑蛋经常困得站着都能睡着。

继续向北开赴,碰到许多从前线下来的伤员。董巴子发觉他们与自己的穿戴不太一样,说的话也听不懂。看着那些哀叫的人虚弱不堪地倒在地上,他便问队里的一位读书人:“他们在说什么?”读书人是部队的翻译,是个东北人,说:“他们是朝鲜人,顶不住病痛了,请求我们枪毙他们,他们的首都让美国人占了。”

“那也不能绝望呀,俺们不是来帮他们了吗?”王黑蛋一脸不屑的表情。

董巴子说:“你又说大话,当年你怎么做来着?就是机器也会有疲倦的时候。”

翻译很欣赏这番话,说:“你说得很对。不过,人总要有些精神的,不能一遇困境就崩溃,再困难,也许咬咬牙就过去了。”

走了一个多月，也看不到敌人是什么样子的。只看到那些钢铁做的大鸟在空中大摇大摆，如入无人之境。董巴子说：“难怪以前横田少佐恨美国人，日本人打他们也是对的。”王黑蛋插一句：“照你说法，那我们以后不是要和日本人和好?”

“说不定呢。”董巴子口无遮拦地说。

寒冷和饥饿却首先来给他们一个下马威。不断有人被冻死。

几乎每天都有敌机在行进中的战士们头顶盘旋，用生硬的中国话劝降，保证给予好吃的和体面的待遇。战士们就朝天“呸呸呸”地吐口水。

真正到了前线，他俩所在的连队已由二百五十人减到只剩下四十人。他俩所在的重机枪班也只剩下一把苏制卡宾枪。

在一间被遗弃的屋子里，他们发现墙上贴着两张画，一张是他们的毛主席，一张是一个金黄色头发的女人抱着一个大眼睛的婴儿。

队伍集合起来，营长讲话：毛主席说了能速胜则速胜，不能速胜则缓胜。我们当然要速胜，根据情况分析，我们必须实行近战和夜战，迫使敌人不能发挥他们的优势火力，就是说，我们要利用手榴弹和刺刀。

王黑蛋很高兴这么做，他到现在还不能熟练使用苏制武器。

这就是他们以后学会的一种战术：打穿插。敌人的火力实在太猛了，冲锋的战士还没看清敌人的长相就给打中了。这边中国人包围了美国人，那边美国人又包围了中国人，整个战场混乱不堪，敌人堆里有自己人，自己旁边又有敌人。翻译一边躲着炮火，一边不断地说："这简直像下围棋，势均力敌，中盘厮杀，谁赢谁输都看不出来。"

王黑蛋现在才确切地感觉到自己在一个一个地杀人，自己手上的枪弹打完了，他都来不及再上子弹，而是去抢敌人的枪。除了对方块头大，他倒并不觉得对方比他劲大，主要是他身段灵活，躲过好几次后面刺来的刀尖。有一次他发觉那刺刀来自本连的战士，急得大喊：是我呀，是我呀！把对方喊愣在那里。

美国人的枪就是好使，几乎不瞄准就能打倒对方，那种快感使人兴奋莫名。

一场战役结束时，清点尸体，才发觉自己人阵亡的更多。那些人倒卧在月光下，像熟睡过去一样，使人并不感到怎么恐怖。

好在志愿军人多，一股股像潮水一样。美军阵地就像干旱的土地，潮水一来，就把它们吸干了。但是忽然间，中国人像地里长出的庄稼一般，又是满山遍野的志愿军。他们吹着号、喊着口号冲来杀去。

真正打起来，董巴子和王黑蛋都很高兴，他们喜欢攻坚战。战场中似乎温度也上升了十几度，人就不感到冷得发抖了。

董巴子先对美国人的坦克有惧怕心理，那庞然大物几乎无坚不摧，下沟、爬坡轻巧自如。

王黑蛋观察出了它的弱点，说："他们和我们拥在一起的时候，坦克有劲使不上了，因为所有的射击目标都有他们自己的人，很多时候，他们的人死在他们的炮口下。"

董巴子也意识到了，坦克里的人想要认清附近的情况，必须要打开顶盖露头观察，这是消灭他们最好的时候。先打那观察手。这个办法马上传遍整个队伍。

坦克们只好乱转一气，志愿军战士趁机爬上坦克。那些坦克用高速行驶、突然刹车转动大炮口等招数来对付车上的中国军人。爬上车去的人被甩来甩去。有的人被弹射般抛出十几米远，有的人掉进履带中成了肉泥。整个坦克像是从血水坑里浸过一般。最后，王黑蛋终于找到一招，把炸药包塞进履带中。志愿军战士很多人学会了这一套，立时，不少坦克瘫痪在那里。

敌人终于撤退了。从山坡上看峡谷里的坦克，所有炮口都朝后。坦克和装甲车几乎都用绳子捆着几具尸体。翻译说："这是美军的海军陆战队，他们的传统是不把尸体留在战场。"

这天黄昏，董巴子和王黑蛋随部队冲进一座巨大的废墟，到处是和他们一样穿戴条子棉衣的人，翻译告诉他们：这是平壤。

除了一些年轻人爬上吉普车和卡车挥动红旗叫喊外，没有什么激动人心的场面。

董巴子和王黑蛋互相看着，和其他人一样，都是形容枯槁、精疲力竭。

他们看到这里的朝鲜人似乎吃得还不错，也轻松自在，不像经过一场大战。他们已习惯战争的日子了。当地人组织了一些简单的欢迎仪式，然后又各忙各的去了。休整期间，连长对提供食宿的老百姓打了不少盖红印的收条。董巴子不知怎么有些过意不去，当年日本人也对中国老百姓打了不少白条。“他们拿着这些收条怎么办呢？”他问翻译。

翻译说：“没关系，这是上级领导考虑的事，我们是仁义之师，战后必有人替我们兑付的，这也是非常时期不得已的措施。”

继续南攻的时候，董巴子发现有连队挖的浅式散兵坑越来越抵挡不住敌人的进攻，美国人为了保存实力，多用飞机和重炮轰炸，志愿军的阵地几乎每天要被炸弹深翻一次，以致最后连队只剩下他们俩，只好并到其他连队去。

以后的战争好似转移了目标，上级似乎注意到联合国军的实力，命令与他们脱离接触，专门攻打韩国军队。

这就轻松多了，首先就不会挨那么多炮火了。而且，韩国军队往往一接触就崩溃，撤退时也不像美国人那么有秩序，而是四下逃窜，留下一大堆瓦蓝瓦蓝的美式武器。现在董巴子、王黑蛋所在的部队已全副美式装备了。他俩头一次吃了罐头、巧克力。

过了几天，翻译要调去俘虏营，他特别向上级请示带董巴子、王黑蛋一起去。

那里关着大批在长津湖被俘的美国人、英国人。看到那么多白人蹲在一起，王黑蛋惊奇地叫了一声。翻译瞪了他一眼，现在翻译是教化官了。两人协助他把洋鬼子们编组，军官们单独编成一组，还和士兵们关在同样地方。每个俘虏组八至十二人，关在一间房里。每组里选出一名进步分子当头儿。

每天在大棚里由教化官上大课，上完课还要给他们布置关于马克思辩证唯物主义的题目让俘虏们讨论。

这时两人才深深敬佩那翻译，原来是如此有学问的人。

每天都安排得很愉快，早晨七点起床，散步或做体操，一小时后每组俘虏头儿来伙房，董巴子给他们打饭，高粱米、豆腐、黄豆粉和谷子搭配供应。

这天忽然运来不少猪肉、糖果和花生，教化官叫他俩布置了两棵松树在大棚里，把花环、蜡烛、红纸糊的铃铛和一块洋码字牌子挂在树上。他俩才知道俘虏们要过洋节了：圣诞节。董巴子就一直想那次见到的圣母像。

翻译告诉他俩那些洋码字的意思是：圣诞快乐。翻译又向俘虏们说："若不是华尔街的帝国主义者，你们就可以在家里同妻子家人共度圣诞夜了。"

没过多久，两人又到了前线，为了迎接一九五一年，彭德怀下令进行第三次战役，董巴子知道这回将有三十万人攻击韩国首都汉城。

元旦前的下午，志愿军的重炮开始猛烈轰击敌人阵地。天上出现三枚信号弹时，两人所在的队伍开始渡过临津江。

王黑蛋的主意不错，用猪油和牛羊板油把脚糊住可以防冻伤。部队推广了他的经验，并又给他记了一功。果然，当战士们卷起裤子过河时，痛楚轻多了。

志愿军照例是把大道让给敌人，自己从山地上向敌人攻击，并且很快插进敌军集群，以致美军飞机投炸弹时误伤了自己人。

董巴子和王黑蛋冲进汉城一座不错的建筑物，看到一间大房里的墙上粘贴着一件破烂的法兰绒睡衣裤，上面用印刷体写着：

敬致中国共军指挥官

第八集团军指挥官

他俩事后得知，那是联合国军司令李奇微留下的。

董巴子给张保德写信说了自己的地址番号，接到张保德回信却是两个月以后。张保德说因为张庄村没地主，批判对象变成富农，他首当其冲，张宅被充公了，另给了他一块宅基起屋。乡政府开放了澡池子，不仅张庄村的百姓每天都可以洗，全乡都可以洗，就像城里的公共浴室。结果有一段日子池子里从早到晚泡满了人，别说游泳，打个屁都挤不上水泡来。后来采取发票制，每户每周派一张票，结果还是解决不了人多的问题，人群从张宅排队出来三百来米远，弄得在张宅办公的乡政府人员也头疼。最近地下水又下降得厉害，抽不上水，以至于池子老不换水成了大粪坑一样，老远就闻出味来，据说要关闭了。

至于董巴子和王黑蛋的水浇地，乡政府本来派人耕种，但现在各人顾各人，那地种得很差，乡政府便同意他将功补过，帮助照料那些地，现在好歹长出庄稼了。据说不久要搞农业合作化运动，鼓励农民捐出土地办合作社。

H师作为一支有战斗力的军队，被消灭的那场惨烈的战斗发生在原州和水原之间的四五三高地上。

那是二月的一个清晨，H师的一个连首先置两辆装甲车射出的炮火于不顾，勇猛地向美军和法军守卫的阵地扑去，很多人倒下了。他们便散到大路两侧，用火箭炮和手榴弹向那些装甲车进攻。眼看就要占上风，法军营长命令上刺刀展开肉搏战，阵地在双方手中换来换去。阵地上尸体堆积如山。在法军又一次撤退时，美军一个坦克近战专家调来双管四十毫米的高射炮配合坦克火力，炮击像水一样清洗着山脊，当法军中午夺回山头时，几百名志愿军尸首布满阵地。午后两点，H师又把法军赶下去。这时天气好转起来，能见度加大，停在附近机场的美军“海盗”式飞机透过云端一字排开。由于交战双方混在一起难以分清敌我，飞机在上空盘旋了四次才辨出双方阵容，并示意美军脱离接触。然后飞机爬高俯冲下来，投下外号“野菊切割机”的一种五百磅重的炸弹。第二轮俯冲投下的是“大脑袋”火箭式炸弹。还用美国兵称作“肉斧”的五十毫米机关枪向分散各处的中国军队扫射，光秃秃的山脊上，H师的士兵犹如暴风雨中的草木纷纷倒下。经过二十四次的轮番轰炸，H师开始疲于奔命，又遇上美军坦克的攻击。董巴子、王黑蛋奇迹般的只被飞来的弹片擦破了一些皮肉，他们已经习惯飞机的轰炸，但看到敌人中有成群的黑脸白牙鼓眼睛的对手时却吓坏了，见过些世面的同伴说："操他妈，美国人用猩猩作战！"其实那是些黑人。董巴子若干年后总结说："我们是让黑洋兵打败了。"

上级传下话来，撤吧，尽量不当俘虏。

两人实在跑不动了，但也清楚此时当俘虏没啥好处，敌人都杀红眼了。

在阵地边沿及其附近，美国人发现了中国人的一千三百具尸体，经过他们估计，H师伤亡超过了三千六百人。

晚上，趁着美军在清理尸体，董巴子和王黑蛋慢慢离开山头，快天亮的时候，他俩才发现真正的敌人是他们自己：两人都患了腹泻。

难怪走得如此艰难。正当他俩一瘸一拐地走过一个山坡，迎面遇上了十来个美国巡逻兵。双方都感到惊奇，美国人没想到还有活的中国人留在这一带，他们俩现在才感到自己根本未脱离战场。

美国翻译也不大会说中国话，他在纸上写了几个中国字：确保你们生命安全。两人也正好都认识这几个字，便叹了口气，做了俘虏。

审讯似乎像聊天，几个美国人都很和气，他们甚至未带任何武器。

"中国有没有坏人？"董巴子被问道。

"在中华人民共和国，再也没有小偷和罪犯了，因为自从共产党当政以后，每个人都吃上饱饭了！”董巴子在过江前的政治教育过了关。

“你们师的战士士气如何？”轮到王黑蛋了。

“士气很高，因为他们想帮助朝鲜人民战胜美国人，因为美国飞机轰炸中国，我们必须为这个报仇！”王黑蛋回答也不俗。

美国人说：“看你们的脸都啥色了，先吃顿饱饭吧，而且，你们应该看看医生。”

这个俘虏营规模不大，一个朝鲜俘虏用汉语对他俩说：“他们还要把我们转移的，转移时找机会跑吧。”

两天后，两人身体虽说没完全恢复，但体力明显增加。这时，被关的大部分朝鲜人开始绝食，他们对不同意加入绝食行列的同胞打骂不停。董巴子看不下去了，说：“为什么不吃饭，那不是害自己嘛？”

一个美国看守警告他们：要么吃饭，要么吃子弹。一个狂怒的朝鲜人向他扔石块，他气得掏出手枪开了几枪，这下招致角楼上的机枪手错误的理解，也开起枪来，等其他美国人赶来制止时，有两个俘虏已被打死，至少还有三人受伤。

没过多久，战俘们都围在饭桶周围，可怜巴巴地伸出自己的碗。

董巴子低声道：“这是为什么，日他姐！”

转移开始了。朝鲜战俘组织暴动非常齐心，他们以三人对付一名押送兵的手法获得成功，除了几十人被打死，俘虏们跑掉了一半。

董巴子和王黑蛋冲得最快，他们直到听不见枪声才停下来休息。

他们本来应该向北方走，结果却弄错了方向，反而走向南方。

走了两天，两人又感到头痛，腰也痛，身上还生疮肿，他俩走过了很多尸体，大部分是志愿军的。

运气还不错，在不少美国兵的尸体上，他们找到了不少罐头、香烟，当然还有武器，甚至还有些重武器。“天呵，这真是一个巨大的宝地。”董巴子说。“运回国俺们准能发财立功。”王黑蛋说。

“可惜这是不可能的。只能拿一把枪，多带点罐头。”董巴子说。王黑蛋依依不舍地看着那些拿不动的东西：“谁再来打扫这里哩，俺们的队伍跑哪儿去了？”

又是一天中午，两人刚转过一个无人村口，迎面撞上两个筋疲力尽的美国兵，双方近得能看清对方脸上的毛孔。在互相愣住的十秒钟内，美国兵先举起双手，董巴子脑子一闪念：我们抓了俘虏，美国俘虏。

原来这里刚发生一场遭遇战，两个美国兵看到他们俩以为是打穿插的志愿军又回来了。过了半天，才发觉两个破衣烂衫的中国兵是在漫无目的地瞎走。但是自己已交了枪，也就不好再说什么。

正这么走着，几个被打昏了头的韩国兵主动加入俘虏的行列，这队伍居然越走越大，到了晚上，董巴子一数人，俘虏已增加到十二人。

休息了一夜，不但没有恢复体力，反而感觉更差，两人开始发起烧来，再次上路时，眼前的俘虏几乎像走在水上一样飘浮不定。

俘虏们终于看出两个中国人的身体状况，一位美国兵约略懂一点医术，但他身上也只有一些阿司匹林。

一个韩国兵懂一点汉语和英语，他来充当翻译："中国人，我们美国朋友说你们病得很厉害，如果不找人治疗，会死掉的。"

两人感觉到俘虏们正在下他们的枪。王黑蛋倒在地上，轻声说："看来该他们俘虏俺们了。"董巴子也起不来了，有气无力地说："他们人多，少数服从多数。"

翻译说："你们放心我们不会跑的，这一带好像我们两边的人都撤走了，我们要赶紧走出这里，不然都要得病。"

俘虏们架着两人继续走下去，除了罐头，他们不敢喝这里的水，他们感到自己正走入一个巨大的瘟疫区。

美国兵说："我还以为前面是你们的队伍。"

韩国兵说："既然美国朋友都投降了，我们还等什么？"

大家都笑起来。

翻译说："难得有这种机会，既然这样，大家就是朋友了。"

经过协商，双方达成共识，碰到什么队伍就投降什么队伍，不论出现什么情况，都要保证对方有良好待遇。

他们碰到了美国海军陆战队。

两人的战争结束了。

巨济岛上的战俘营关押了十多万人，并且还有九千多名美国和韩国的士兵做看守。

董巴子和王黑蛋一来到这里，就发觉他们陷入了另一场战争。

板门店有关战俘问题的谈判刚一提上议事日程，战俘们就分作了两派。原因是美国代表提出一个条件：战俘们要进行甄别，按照他们的意愿，爱去哪里就去哪里。韩国或朝鲜；中国大陆或中国台湾；美国或其他第三国。

这是个阴谋，共产党代表严重抗议。

在朝鲜营地里，发生了血腥残杀，那些声明愿留在韩国甚至美国的战俘们被指责为叛徒。营地内的组织对他们进行审判，并用镐头柄、刀子、斧头等物施刑。

董巴子、王黑蛋烧得人事不省，当然不明白营地内的人忙来忙去是为什么，他们稍为清醒一点时只是觉得奇怪，被俘的人应该老老实实，可这里却成了俘虏王国,看守们根本不敢随便进来,他们俩的病得由战俘们自己处理。

战俘们经常可以举行暴动,和看守们对打,当然最后都是以失败告终,每次总要死伤好多俘虏。当美国兵要来接两人去治疗时,战俘头儿拒绝了:我们不需要帝国主义的所谓人道。

最令人震惊的是,集中营的看守总头目杜德将军在来到营地门口与战俘代表谈判时,居然被劫进营地,这使得美国人更不敢进入营地,营地内的生活条件因此得到了很大改善。甚至到处都装了电话,还有两辆汽车作为营内的交通工具。

张保德又来的一封信没能到达他们俩的手上,张保德在信中说:长根的遗骨终于迁进原来给他造的巨大坟包里了,县政府为他立了个大碑,批准为革命烈士。澡池子因没水而关闭了。他没有提自己的近况。

大约有六千名战俘,人手一面蓝色小旗或黄色小旗,全部有节奏地吆喝着,这个中国营正在举行大规模示威,抗议美国兵打死了一名同胞。

新调来的集中营司令官带着随从参谋乘吉普车来到时,正看到数千名美军士兵喧嚣成一团,好像正在旁观一场大火或者争看一场演出。他们一面挥动着拳头,一面向中国人喊着粗话。

司令官找到现场指挥官,训斥道:“这是怎么搞的,真见鬼！让那些与这里无关的美国杂种滚蛋！去把中国人的头儿找来。”

不到半小时，情况就清楚了，司令官宣布责任完全在美方。他派人送去二十卷手纸和一夸脱红药水，让志愿军战俘制作举行葬礼用的纸花，并同意派一名美军上尉代表他出席葬礼。但他拒绝这么多战俘步行去墓地。美军可安排配有卫兵的卡车来运送尸体和参加葬礼的代表。

这之后中国战俘营没有出现更大的骚乱。董巴子和王黑蛋也被允许进行治疗，这时才发现他们患的是天花，两人从此以后成了麻子。

董巴子、王黑蛋讲的经历任谁也不相信，这太像一个故事了。

“真的，我们运气不好，本来俺们是抓俘虏的，哪儿知道成了个这。”董巴子无奈地再做解释。

春天来了。春消息是令人兴奋的，美国人许诺，将有几千人获释，只要表现好。营地中因此一片欢腾。

代号为“小转换”的交换战俘的行动于四月二十九日清晨开始。一个美国医疗队和三个救护车队在板门店守候着。这次有一百四十九名美军战俘、六十四名其他联合国军战俘和四百七十一名韩国战俘获释。同时，有近十倍于联合国方面战俘的共产党战俘在板门店以北几英里处获释。

董巴子、王黑蛋不属于此次获释之列。各种小道消息都来了，什么李承晚放了几千名朝鲜俘虏，什么敌我双方都抗议此事……

两人完全糊涂了，他们不知道这些事对自己有何意义。他们不知道这场战争结束的仪式更让人不可思议。

那天晚上七点钟，三八线上整个世界万籁俱寂，似乎连针掉在地上都能听到声音。大约沉默了两小时，志愿军后方阵地上空升起了绿色信号弹。信号弹还未升至最高点，它散发的光芒便照耀了整个弹疤累累的战场，炮弹随即从他们那里射向美军阵地。美军随即还击。数以千计的大炮和迫击炮响个不停。

大约九点半，一串红色的信号弹升至天空。就像关上厨房的煤气炉子一样，战火骤然停止。一瞬间，战场又是死一般沉寂，南边阵地上偶尔能听到韩国士兵痛苦的呻吟以及部队下级指挥官嘈杂的说话声。

接着，从美国军队驻守的山头那里升起白色的信号弹，美军开始大规模猛烈轰击中国军队的阵地，炮声震耳欲聋，令人难以忍受。

双方官兵都觉得这奇特的停战礼仪与其说是一场战争的结束，还不如说是一场战争的开始。

晚上九点四十五分，每个人都走出哨所，站在战壕里。一只遭惊吓的鸟看到黑夜突然变成白昼，慌忙躲过探照灯的光束。死一般的寂寞再次降临前线。

山谷里吹过的风轻柔地轮流抚摸双方将士的面庞。有几只蚊子嗡嗡飞过，云块飘过，露出一轮圆月。志愿军开始唱歌，美国海军陆战队开始唱歌。

这美丽的月亮，像中国灯笼一样，也照在南方集中营的上空。

王黑蛋忽然想到问董巴子的经历："你爹再没找女人吗？"

"嗯，他不中用了，其实不都一样，俺们倒是中用，可不也一样没女人嘛。"

"你妈呢？"

"据说嫁到天水去了，这年头的女人有这勇气的不多。"

"你说这美国人先前怎么叫米国呢？"

"鬼知道，可能，日本人以为他们有饭吃，中国人以为他们有女人吧。"

"有可能，反正，把好事都占了。"

"再要回去，一定找个好女人，过足瘾。"

"我也是，让张保德帮忙，他挑女人没得说。"

这地方不知为什么那么引起两人的话题，陈年烂谷子，一抖一大堆，常常彻夜地聊下去。

大规模的交换俘虏行动开始了。

董巴子和王黑蛋本来属于一拨，可不巧王黑蛋这时旧病复发，又住进了美军的帐篷医院，只好等病好一些再说。

两人经过甄别，都属于坚决要求回大陆的。

美国军用卡车上挤满了运往北部的共产党士兵，一路上，这些红色战士经过美军卡车时，随着一声令下，纷纷扔掉手中的衣物，向美军大喊大叫，他们撕破身上的美军制服，褥子靴子被脱下扔到大路上，许多人脱得一丝不挂，只在腰间围一条毛巾。他们情绪高昂，高唱爱国歌曲。“雄赳赳，气昂昂，跨过鸭绿江……”

董巴子随着卡车转弯的倾斜，看到前面出现了俭朴的拱门，拱门上写着几个大字：欢迎来自由门！

在北边的非军事区内，两万多名中朝战俘正被最后甄别，他们本来已有不回老家的企图，为了尊重他们的选择，也为了应付共产党方面的要求，中美协定在此搭十六个解释蓬，由双方派人劝说他们到自己的国家去。

每个战俘都由一名印度士兵护送，好像是去看戏剧，看完以后决定从中国、美国、中国台湾或南北朝鲜的门出去。

和王黑蛋同病房的病人也叫王黑蛋，而且也患的是天花，所不同的是他是山东人。

在聊天中，山东的王黑蛋说，准备去台湾，已登记了，那里有他好多战友，因为自己家中的人都在战争中死绝了，所以无所谓回老家了。

河南的王黑蛋说，自己也上无老下无小，不过朋友都回了大陆，所以还是回大陆的好。

山东王黑蛋也属解放战士，但他在国民党队伍待的年头长，不习惯解放军里的一切。

河南的王黑蛋劝他："回去就复员了，没有什么关系的了。"

但他没有说服他。

真是命运作怪，美军在遣送二人时，具体执行人分不出中国人的形象，加上两人同名同姓，在给二人服了镇静剂后，河南的王黑蛋在昏睡中去了台湾，山东的王黑蛋在昏睡中回了大陆。

四

公元1993年的一天，张庄村头一个有电视的张保德妻子宝珍惊奇地在中央电视台的《天涯共此时》节目中看到一则启事：

> 河南省张庄村人氏董巴子，现年应是七十岁左右，你年轻时的好友王黑蛋自韩战一别后，日夜想念，若你看到这条告示请即函告台湾。
>
> ……

骡子换来的，那骡子多好，一天能跑一百五十里，飞奔起来，就像坐火车，那风憋得你透不过气来。吃起草料来也像个火车头那样轰轰轰的。”张保德抓着头说。

大队长说：“你他妈就会侍候日本人，俺们这些个兄弟就该让家伙歇着？”

张保德马上赔笑：“是是，我以为弟兄们自己能找解决的地方。但这乐也不能在皇军眼皮底下，是不？”

横田少佐一礼拜只准张保德来一次，所以“共乐会”成员平常的身份还是张宅丫鬟，大队长隔三岔五便向少佐汇报下乡扫荡去了，横田更加信任他。

“共乐会”一见大队长亲到，就开堂会，角儿也不用外请了，四个丫鬟人人都能唱上几句梆子，众弟兄人数并不多，都是大队长亲信，一边听“梁园虽好不如家”，一边上下其手，唯董巴子老愣着。

大队长一把扯过董巴子的右手，塞进一个丫鬟裤裆里，手把手地教他摸，那丫头咯咯笑着：“小哥哥还找不着位置呢。”

闹得董巴子一个大红脸，抽出手来觉得黏糊糊的，偷偷背身一闻，心里说：“原来女人肉是酸的。”顿时腮帮子多了口水，看到露出的手臂居然像怕冷似的起了鸡皮疙瘩。

这是董巴子第一次见识女人，时年二十岁。那女子虽也才二十岁，却被人唤作老罐子，此后一听人说老罐子煨子鸡,董巴子就很不自然。

董巴子认准了那女子,大队长看出眉目,喝令其他兄弟,包括他自己,以后都不得动那女子。

日子一长,女子对董巴子有了感情,便把自己的隐情说与他听:原来同村有个小伙子早就与她相好,只是家穷娶不起她,那小伙子参加了游击队,总在这周围出没,也是条刚硬汉子。原来说等打土豪有了积蓄就成好事,可有一次她看到他背袋里有不少光洋、首饰,他却说是组织上交给保管的军费,绝对动不得,她就生了气,不再理他。张保德一直在找他,因为他打劫过张宅。

张保德看着弟兄们与女人嬉耍时十足像个大富翁,吃饱喝足然后做慈善事业,一边还殷勤地挨个问感觉,仿佛澡堂子里的服务员。

河南人不爱洗澡,也没条件经常洗澡,但张保德是到过大城市的,他见过澡堂子里的乐趣。"人家城里人是要天天洗澡的,洗澡使女人漂亮,杨贵妃当年不就是从澡堂里站起来迷住唐明皇的吗?"张保德巡视着大家伙儿。

这地界离黄河还甚远,倒离淮河还近些,但谁也不可能专门跑几十里地去淮河洗澡。淮河有几条小岔道,流到这里也和黄河差不多一样污浊,多是鸭鹅和猪牛在里面打滚,常常夏天也干个见底,遇到发大水,就

“这不说的是俺们村吗?”宝珍扯着发愣的张保德说。

张保德近来一直忧愁,宝珍自从知道要搞中日友好后,一直在托人上访要到日本找横田去,她一口一个:我要把他的儿子送给他,这是中日友好的结晶呵。

“又冒出个日本婆家。”

张保德不断打击她的积极性:“你也配说友好?别做梦了,日本人那么多,你上哪儿找去,电视台也没中日共此时节目,想想吧,你都多大了?横田他不早死了嘛?”

宝珍说:“横田死了还有他家里人,有他亲戚朋友,让他们看看我们小宝嘛?”

张保德问最近刚添了个孙子的张小宝:“你同意你娘的话吗?”

张小宝虽说长得像横田,但却一点没有横田的气质,他几乎是文盲,一副豫东平原最老实巴交的农民形象,木讷、朴实。

他笑了一下:“爹,甭操心,娘的脾性你还不知道嘛,由她去。”

但老两口矛盾却越来越激化,以致宝珍闹着要打离婚。把个张保德的老脸臊得没地搁。

“几十年都过去了,就算他中日友好,也不应该打离婚嘛。”张保德仰着他那张皱巴巴的老脸对天说,“要不，你等我死了再离吧。政府都不闹运动了，你又闹起来了。”

这电视台的消息立时使宝珍忘了要打离婚，她又不断与张保德回忆往事了。

那一年董巴子在通往中国的门时被当成了英雄，受到了五名高级官员的欢迎。

但是他没能直接回到家乡，被送往东北一个营地进行学习。他预感到有点不妙，从战俘营出来的人都没有得到必要的信任，只要跟美方打过交道，主动的抑或被动的，都要写各种思想汇报。

几年以后，他被释放回家，他先去见老爹，哪知老爹对他的态度又恢复原样，说：“叫你不要当兵嘛，连俺都跟着受气。”

他不明白是怎么回事，他的工作报到地点是县政府一个科，当干事。慢慢才觉察到，在人们眼中，他已经成了叛徒。同事们都极力回避他。有关领导找他谈话，要求他隔一天都要到小组会上为自己的罪过忏悔。

一年以后，他被降成了看大门的。在这期间，他到过一次张庄村，发现除张保德外，没有人理他，老远看他过来都拐了弯跑掉了。他这才感到某种压力已越来越大。

张保德的日子也不好过，他搬出张宅后已无财力再起大院，只草草修了三间干打垒房间，他还有一些地契和黄金，埋在了一个只有他知道的地方。现在他的外形已完全像个贫下中农，只不过穿得稍微干净点，见了董巴子面也不敢多说什么，只是不断问王黑蛋啥时回来。

董巴子终于忍不住提了点意见。这是1954年的冬天，几个民兵突然把他从传达室押出去，在一个简陋的砖瓦房里，有关人员向他宣布：鉴于董巴子的反革命言论，并查他过去当过伪军，国民党匪兵的历史，属于历史反革命，经上级机关批准，特判处董巴子十年徒刑。

1964年底他被刑满释放，走在街上感觉自己昨天还在此走过，除了更加破烂，周围环境几乎没有什么改变，经过三年自然灾害，人们的脸大都是一副菜色，他一照镜子，那满脸的麻子浮在一张蜡黄起皱的硬皮上，简直就是个地狱形象。

他回到了张庄村，他和王黑蛋的水浇地现在是生产大队的财产，他只能每天下地挣一点工分。这时他才知道张保德差点被枪毙掉，那是镇压反革命运动。后来还是宝珍施展她的魔法让执法者改变初衷。但还是给打断了一条腿。

“文化大革命”开始了，张庄村的批斗对象理所当然是董巴子及张保德一家。他们的房屋内外被刷上各种各样大标语。这些标语直到改革开放时期还保存完好，成了张庄村乃至豫东农村那个非常历史时期的见证。有个调查皇军历史的日本人和了解美军的白人还专程来拍照留念，据说在海外还引起不大不小的轰动。

王黑蛋在1993年春天回到张庄村，除了也是一脸麻子，他的国字脸上戴副宽边眼镜，显得非常儒雅。在台湾，他曾做过几年无所事事的荣民。后来娶了个山地女子，生了两个儿子，现在都大了，全家都做生意，并且卓有成效。

他在台南也建起了一个大院，完全仿造张宅，后院也有一个大池，不过那完全是作为夏天游泳用的，洗澡则在房间里安浴缸。

他被乡政府办公人员领着先找到了张保德，张氏的健在使他大感惊异，然后在靠近村外的一个破砖烂土搭起的一个篷子里见到了头发焦白的董巴子，激动地喊叫："董哥！"

董巴子也和张保德一样认不出眼前的王黑蛋，他作为村里的五保户，实际上无人管他。他把一双脏手在破袄上擦了又擦，然后很不好意思地伸出手来让王黑蛋握。

县报记者赶紧拍照，这是董巴子一生中头一回照相。一行人来到张宅，即乡政府所在地，王黑蛋首先到后院看那澡池子，发现里面居然都长满了一池子各种各样的杂草。他感慨地说："我还怕这辈子都见不到了呢。"

张保德擦着浊泪:“我们也是四十年都没见过这池子了哩。”

“还能用吗?”王黑蛋问。

乡政府人说:“应该还能用。我们马上清理。”

“没错,我造的没错。”王黑蛋拿出他在台湾的住宅照片让众人看。

“啧啧,宫殿似的哩。”有人说。

董巴子只是赔着笑,半天不出声。

“董哥,你太太呢,屋里的?”王黑蛋问。

“我没结成婚。”董巴子一言难尽。

张宅作为豫东最有保存价值的民居终于进行了彻底的翻修,投资者是王黑蛋,他要投资的项目还很多,包括张庄村至县城的公路,一个小型发电厂,这些都在王黑蛋落脚头一周定下了。张宅装修完毕,由政府做主,产权归张保德。几个老人在落成仪式上下水泡了个热澡,几十年前的往事像梦一样随着雾气飘出来。

董巴子马上被县里任命为政协委员。

张保德在极度兴奋中笑死,终年九十三岁。

五

关于张庄村是俘虏村的描述,在传说中离了谱,该县后生们以为张庄村全村人都当过俘虏,以至于县志修订人员也有点信以为真,他们开始捧着小本子上门来挨家挨户地访问。

1994年4月13日,吉大

辑二 杂文

买书的困惑

回到故乡，红钢城，因为这里有个武汉钢铁公司，如果是晴天，肯定是光怪陆离的灰霾天，各种各样的金属粒子在空气中闪烁；如果是雨天，肯定到处是黑乎乎的建筑，连地上流淌的水都像钢铁的颜色，黑得让人忧郁。

但是我的抑郁还不是因为这里的物质污染，谁也不会想到我内心的黑色源自这里唯一一家新华书店。

20世纪80年代，这是青山区文学青年的集散地，包括池莉等一大批在此工作、生活的年轻人，都是在这里找到传统与西方文学的启迪。这家书店丰富了我们的藏书，成为武汉作家在中国当代文学黄金十年的成长过程中的一个后勤补给地。很多作家在这里签名售书，甚至许多男女在这里约会定终身。

柴门久不开，风光已不再。好像是把教育推向市场以后，书店的门口除了那些卖假文凭假证明假证件的乡里人,还成为附近大学生求家教、帮写家庭作业的地方。

而进去买书的人却是越来越少,自从网络客服端直接上了智能手机,书店不断锐减。特别是大学开始无差别实行助学贷款,连求家教的大学生也几乎没有了。

我一直在琢磨,是不是真的没有人读纸本了?

因为在西方,纸本并没有消亡,是和网络互补的。在俄罗斯、日本、德国,到处是阅读书籍的年轻人,他们并没有因为阅读手机而放弃阅读书本。

而且,就是在中国,书籍的出版不仅没有减少,整个基数反而增加了,近几年更是大幅增加书籍的印刷量。许多民营书店开始复苏,不仅是那些小型独立书店,在一些大中城市,民营书店也逐渐大型化。

但是在武汉,新华书店萎缩得十分厉害,曾经闻名长江上下的交通路书店一条街没有了,这是大革命时期郭沫若等几乎所有当时中国文化人聚集的地方,我们现在所说的大时代,就源于郭沫若写的《洪波曲》。武胜路、江汉路标志性的新华书店没有了,红钢城的新华书店可以说是硕果仅存了,因为这里有个武钢,武钢的购买力是维持这个新华书店的基础。随着武钢的衰落,这家新华书店也破败不堪,白天不开灯几乎看不清人,售货员无精打采,没有一个爱书的,更没有一个懂书的。绝对不会促销，对买书人爱理不理，看见我买书多，他们的眼光还显得十分怪异，对他们来说，几百元拿来买书，实在是——

为了支持实体书店，我一直习惯于走到哪里就在哪里买书，以前是为了寻找对我有用的，现在是为了纪念，以购书的方式留下我的脚印。

但是像新华书店这样在今天仍然坚持不打折，甚至不管你买了多少书，连一个塑料袋都不给你，如此的官商作风，恐怕也只有这个新华书店才能做到了。

有时，这个新华书店也会有活动，比如上次是冯唐的《万物生长》，定价33元，促销价9元，我一看出版时间，刚刚印刷的，怎么马上就打折，而且折扣这么厉害？为何只有这一本打折？售货员漫不经心地回答，作者自己贴钱的。真是奇葩。

这次，又有活动，捐书，一个售货员告诉我，捐书者可以六折购书，对于我来说，真是喜讯，立刻选了几十本。买单时，收银员面无表情地说，只有捐献出来的书才能打六折，我开始郁闷了。好吧，我准备照办。正在进行中，谁又提醒，只有曹文轩的书才能六折，售货员指着楼梯口的堆头，敢情那里码了一大堆曹作家的作品。整了半天，我才明白，捐书必须在这里买书，这我还是可以接受，但是且慢，必须让买曹文轩的书，我可不能接受。书店经理告诉我，为了迎接六一儿童节，湖北经视在全市举办这个活动,保证也宣传了。

这个曹文轩真乃苏北神人,记得上次,好像是汶川地震,人家忙于捐款,他则忙于在各个学校签名售他的书,赚孩子们的压岁钱。

忽然就想到关于儿童文学的问题,个人觉得,《宝葫芦的故事》《神笔马良》以后,中国好像没有出现一致认可的儿童文学。一位大姐级的作家更是强调,中国目前只有儿童读物,没有儿童文学。而那些铺天盖地的儿童读物,实在乏善可陈。

就算是促销,曹同志也捞过界了吧?武汉怎么也还有个董宏猷呢,也是著名的儿童文学作家嘛,也应该卖他的书啊。有人告诉我,还是曹作家的能量大。

经理说,没有办法,现在的书店,基本上靠孩子吃饭,没有孩子就没有未来,没有孩子,我们连饭都没得吃。除了儿童读物,就是教辅材料,以前我们有池莉专柜,现在池莉们都下课了。

新华书店,场地是国家的,免费使用。所有的书,也是免费拿来,卖出去结账,卖不出去退货,一点风险没有。相比起民营书店,人家租场地就需要一大笔费用,人工也比你新华书店高得多,你好意思亏本吗?

永远的批判现实主义

在欧洲有许许多多的广场，很多其实面积并不大，和天安门广场比较起来，甚至有些还是微不足道的。我一直在琢磨是什么让我们觉得这些广场视野如此开阔、内容如此丰富？

就是那些横看成岭侧成峰的建筑，特别是大量的哥特式建筑，广场是建筑陪衬出来的。

不光是建筑，还有那些千姿万态的雕塑。雕塑也是建筑，而且是能够充分讲述故事的建筑。在布拉格广场上，胡斯雕塑虽然不像那些上百年历史的建筑那样充满沧桑感，却也历经了东欧的风吹雨淋。这位捷克斯洛伐克民族语言的传承人，本来只是欧洲文化的使者，一个文学家，却因他引起一场宗教战争，这场战争居然在捷克历史上就叫胡斯战争。

胡斯本来只是个作家，他的本意也许只是像中国文人那样立言，但是五百年以前，罗马教廷不容许他那充满思辨力的作品蛊惑人心,所有帮助宗教改革的意图都被教皇视为异端邪说,年仅四十多岁的胡斯被教会烧死了。胡斯的死亡不仅没有禁止他思想的传播,反而引发大规模暴动。

这样的暴动在中世纪的欧洲并不是个案,因为罗马教廷错误的危机公关,在欧洲造成了一个又一个的胡斯战争,这些战争的后果就是我们今天看到的,曾经统治整个欧洲的罗马教廷龟缩成为罗马街头的一个小区。

忽然想到我们的辛亥革命,举事者居然也是一帮文学青年,是张之洞新军中的文学社成员,他们打响了起义的第一枪。而且,也是清王朝失败的危机公关造成的那无法挽回的后果。如果当时对几个失足青年批评教育,或者顶多给予拘留十日,可能事情远不是后来的样子。但是当时的领导居然把彭楚藩等三兄弟砍了头,并且示众,彻底激怒了九头鸟们。

文学究竟有多大能力?这似乎是一个谜。

有人说,文学只是一种语言,是一个民族传承文化的形式。其实,文学并不只是讲故事,他的核心应该是传播思想。真正的有文学价值的作品,首先是具有内在的思想,思想的深度决定作品的历史地位。

20世纪80年代,我们曾经长时间推崇过批评现实主义,那是文学的黄金十年,那个时候,青年人以文学为介，求偶相亲，标榜内涵。为什么？因为文学离现实最近，并不像今天某些跑课题费的专家说的那样是因为物质的匮乏。

经济发展一定会进入所谓的小时代吗？那些在大革命时代产生洪波曲的文学真的不存在了吗？

实际上，追求纸醉金迷的作家们打着所谓后现代的招牌，并不是在搞什么文学的多元化、多样化，他们躲避崇高的一个基本原因就是回避现实。所以郭敬明们得瑟了，所以下半身写作得意了。

但是他们没有想到，现实主义仍然活着。

而且，批判现实主义也仍然活着。

有人问我，莫言是什么主义？

我可以正面回答，莫言就是现实主义，而且是批判现实主义。他的所谓的抄袭马尔克斯的魔幻现实主义其实也是一个幌子，目的是掩盖他真正的写作意图。他在喧嚣中的无语态度，他在闹市中心的假寐，都充分反映了他在讲故事的背后隐藏了一颗藐视现实的心。

胡斯当年的批判现实主义作品，今天仍然熠熠生辉，他的肉身只存在了四十余年，但是他的思想已经存在了五百年。

蹊跷

不知什么时候，我也经常被网上新闻左右，上了好几次当以后，才学会进行必要的甄别。

那天看新闻，又为了一件非常小的事情炸了窝，一个出租司机打快递员耳光。一开始，我也挺可怜那个年轻人，打不还手啊，还是个老实人。如果他心理够强大，完全可以和出租司机对抗，因为出租司机已经是中年人，从体力方面，还说不定谁赢谁输，但是快递小哥就是没有胆量还手。

后来的情况，却让我怀疑，快递员的背后组织出面了，是顺风快递的老板，那个王总忽然发出狠话，如果不能摆平此事，就不配做顺风总裁云云。

良心话，真正与这些快递过不去的怎么也轮不到出租司机们，王老板真的有种，应该去和深圳、珠海政府对掐，人家在整个城市立法禁止电摩，实际上主要就是冲着顺风这样的快递企业去的。而且，像深圳、珠海这样的城市越来越多了。

情况的确如此，每年因为电摩的横冲直撞，交通肇事越来越严重，快递公司基本上没有对快递员进行有效的培训，别说他们不懂交通规则，就是在收发快递上也处于非常松散的管理。我经常看到快递员一个人上楼发快递，所有快递物品放置在无人看管的摩的上，丢失物品是家常便饭，每次丢失物品，他们都不道歉，甚至不赔偿，就是赔偿，也是象征性的。有几次，上门收货的快递员甚至拿了我的快件立刻就走，还是我强调，他们才回来留收条。而且，常常没有包装袋，他们可以直接把货物拿走，说回去公司再包装。这怎么能够让人放心？说限时达，次日到，也基本上是空话，一千公里没有三四天到不了。

曾经问过一家快递公司负责人，对方也不得不承认，现在快递业竞争大，流动性特别大，几乎没有时间对新来的人进行培训，有的只是听说以前干过快递，就认可上岗，结果经常出现快递员拿了人家东西跑路了，一查案底，所有证件都是假的，找公安，多时人家也懒得理，最后不了了之。

有一次真的让我记住顺风了，我帮朋友发一批货，从珠海到北京，一百五十本书，收到付款。结果收书的朋友告诉我，顺风收了他二千三百元。这是什么概念？谁敢做书的买卖？

后来人家告诉我，今天的物流就是暴利，顺风确实是物流业中收费最贵的。

其实，还有贵的，就是邮政局，国企，因为竞争不过民营企业，他们甚至要求政府立法规范物流业，缩小民营企业的经营范围。

据说，顺风还要在湖北鄂州建设机场，出现资金问题，准备上市融资，所以从来低调的王老板，也忽然发出关于自己的新闻，一个是在香港九龙花三个多亿买地建家宅，引起香港狗仔队的高度关注；另一个是捍卫员工权力，人性化的老板喔。

有舆论说，这就是为上市造势，准备圈钱了。

无语乎

其实几十年来我一直觉得奇怪的是中国的封建王朝为什么被推翻，一种社会体制被彻底改变，具体表现为其实体的不复存在，而这种实体通常应该是其内部的实质被改变，就是其精神所属发生质的变化。

但是从今天的社会状况来看，封建社会的精神属性并没有根本性的改变，只是年号不同了。

中国最后一个皇帝是谁？

我认为溥仪不能算，没有做实际国事的皇帝只能是名义上的。何况，溥仪并不是上届皇帝的血脉，按照慈禧老太太的指示，那是一种过继。

对了，是天意，因为当时的皇帝大人绝后了。在中国封建社会，不孝有三无后为大，老百姓尚且如此，龙庭更是了得。

就是后来的溥仪，三岁小儿，话都说不清楚，有个摄政王，也才25岁，载沣不是康熙，革命党闹事，顶多算

欺负孩子。

所以我必须强调，清王朝是自然灭亡，属于寿终正寝。

而其封建血脉，还是一以贯之地被中华民族几乎全盘继承下来了。这一点，只要你看看目前中国屏幕上的清宫戏是多么受大家欢迎就明白了。

这二月，我几乎滴墨未蘸，不是不想写字，而是有些事情想不明白，纠结得我不知道从哪里开头。

过了元宵节，这猴年就正式开始了，我刻意要把十五的月亮作为一个句号，是因为我的猴年开局不好，我怕猴年不利。正月不正，这半个月，我的同事、我的文友，一下走了两位。单位通知各位自己找车去殡仪馆，按照以前，是单位组织统一坐单位的车去，现在不知道是人情世故淡了，还是纸媒日落西山，一切从简。说实话我应该去，因为这位同事据我所知是单位里面几乎没有敌人的好人，他的遗言中甚至还记挂着什么事还没有办完，还欠谁的一百元。

他是办公室一个文员，专门负责办理公费港澳通行证和每年的职称评定手续，其实我和他同事近三十年，交集并不多，因为我没有什么机会通过单位去港澳，而且我多少年都不参加单位的职称评定。他曾经多次找我，要我参加评定，并且告诉我，那些业务能力不行的人热衷于评定职称，我都笑，那我更不敢了。但

是他的好意我都领了，特别是我现在住的房子，也是他推荐的。五年前，他热情地告诉我坦洲的房价才三千左右，依我们单位这样的收入，想在珠海买电梯房是痴心妄想了。当时我就是想不通，认为自己好歹在特区待了几十年，户口也是特区的，怎么能去乡下买房子？这一耽误，房价又上台阶，认真去看，那房子如果在珠海或者武汉，至少也是二万一个平方米了，这里才四千一个平方米。终于还是买了，并且把当时老业主介绍新业主的一千元好处费赠送给他。

半年前，单位又通知捐款，我一看布告，怎么也不相信是他，轮到谁也不能轮到他啊。他非常注意养生，每天要饭后散步，并且提醒我习惯不好。而且，过了五十岁，怎么是白血病？我印象里面，这应该是儿童病。这次不用动员，我捐了二千元。

我捐款不仅因为同事、邻居这种关系，还因为物以同类，他和我一样，在这个单位所得甚少。在我们年轻时，单位实行的是工龄工资，谁年纪大，自然收入多，那个时候我们盼望着时间赶快过去，好让我们也有可观的工作收入。好容易等到年过半百，单位实行的是岗位工资，谁的行政级别高，谁的收入就高。我们这些从来不与人争名利的惨了，因为我们没有任何级别，甚至连职称也放弃了，收入不及大学刚刚毕业的。他比我还好一点，单位实行十年一次的特色贡献奖，记得第一个十年奖颁奖时，我差几个月，没有评上。就想着下一个十年奖应该有我，结果单位成立二十周年的时候，评的是二十年贡献奖，我又差几个月。到了去年三十周年，我还是差几个月，所以可以肯定的是，我就是到退休，也拿不到这个贡献奖了。他比我早来单位几个月，所以十年、二十年、三十年的贡献奖，他都拿到了。应该死而无憾？

纠结了很久，还是没有去送他，一年来我好像是火葬场的常客，伤了；再一个，他火化的日子居然是我的五十三岁生日，虽然我从来不过生日。

从这一天起，我应该从三十五岁过起。

现在我才深刻意识到，五十岁到六十岁，是阎王集中收中国男人的时间段。我的同龄人已经纷纷上路，感觉炮火连天、子弹横飞，我的左右，死伤无数，就差我幸免于难了。

让我最不能想到的是，一位写古体诗的潮汕兄弟，羊年三十还给我发了拜年微信，我还等着猴年开年的聚会，就看到微信圈出现悼念他的文字。他的身体一向很好，虽然年过半百，但是身材不走样，没有一根白头发，每次见面都是精神抖擞。居然是脑溢血，抢救了一个礼拜。

猴年不利，不就过个年嘛，阎王，你着什么急？一下取走我两位兄弟的性命。

还在头几个月，我的一位搞电视剧的朋友，比我大一岁，一个感冒就走了，让我觉得这愚人节是一个接一个。他有三个爱好，麻将、女人、文学，三个爱好都需要花钱，他选择了目前最容易赚钱的项目，拍摄电视剧。有人通知我他的死讯，当时就觉得过分，我还开玩笑，不就是欠我几千元吗，不用还了。他的身体和写古体诗的兄弟一样好，身材标准，没有一根白头发。和我一样，他的死亡，过了好几个月还有人认为是愚人节玩笑，因为我们经常开玩笑。最近，我忽然想起来去网上查一下他的名字，主要是两个记录，著名电视剧导演；重婚罪被判六个月监禁。未能善后啊。

这个猴年春晚，观众们是在一片骂声中度过的，把春晚变成政治思想工作动员大会是今年的一个创举。以前，我们只知道春晚是王小二过年，一年不如一年。今年则大不同，整个方向的转移，已经不是娱乐的事情，甚至也不是文艺的问题。

点赞的，又是那些八十后，我的一个作者，十分赞美三个八卦新闻很多的美女组合，我提醒那位，她们是假唱，结果对方说，就是好！这样明确的职业道德问题，在这些人眼里完全没有是非了。

其实我知道，这远不是说垮掉的一代那么简单，是彻底烂掉的一代。垮掉的一代其实是有思想的，有追求的。在中国，只有烂掉的一代，他们指鹿为马、以丑为美，他们也有追求，就是郭敬明那样的纸醉金迷，他们不仅喜欢物质上的山寨版，也追求精神上的山寨版，谁恶劣就挺谁，他们就喜欢春晚的假唱，就喜欢郭敬明的抄袭，恶搞心态已经成为他们的一种世界观。

有遗老问，这个世界会好些吗？

可怜的老人家，你们太在意这个世界了。

圈子

街上又有人派传单了，发展商到了这个地步，估计房地产可能是有问题了。

行业中人士对我说，问题是一直存在的，中国的房地产就是在问题中发展起来的，问题越多，发展越快，不断的问题，就不断地解决。任何时候都有好卖和不好卖的房子，看你是哪个地方的哪个地段。

一看那些传单，果然，都是江夏、黄陂之类的地方。红钢城的人去看了，房子还是不错的，价格便宜过市区的三分之一甚至一半。但的确是太远了，转几道车，自己开车，起码一个多小时。

其实不是远的问题，是生活圈子的问题。房子再好，你住过去了，连个认识的人也没有，就是坐天堂监。人是需要感情生活的，需要交流，老死不相往来，不是中国人的习惯。老蒋跟我这样说。确实，老蒋是不怕远的，当年山东人来武汉拉人头，到威海去买海景房。那个时候，老蒋甚至不知道威海在哪里，他只是在电视剧里面看过海，这一辈子怎么也应该住一下海景房，看了一辈子高炉，就想着退休以后可以远离烟熏火燎。去了一看，确实是海景房，确实是便宜，确实是空气新鲜，当时就掏银子，买了一套小户型公寓房。这以后每年夏天都去避暑。

他现在有点后悔，不是房价多少年不涨，也不是冬天太冷不能住人，甚至也不是小区没有完善配套，主要还是离开了原来的人际关系。

他非常羡慕那些随便到哪里都可以马上找到一大帮朋友的人，他们适应环境的能力可以随遇而安。

这可能是个年纪问题，年纪越小，融合社会的能力越强。其实老蒋也不是武汉人，是广西人，年轻时间到武钢工作，现在已经是满口武汉话，对广西反而生疏了。

老张则主张在风景区买房子，他在九宫山买了一套小户型，还是精装修，每年夏天上山避暑，但也是两个月而已。

离开武汉，是不少武汉人的想法，但是，也仅仅是想法而已，很多武汉人都有个去哪里的问题。不像东北人，不仅全国各地地跑，甚至全世界地跑。

老何是从农村来的，说，老子哪里都不去，武汉就最好，老子们奋斗一辈子，就是为了到城里来吃灰的，在农村太阳晒北风吹,天天闻猪牛粪,一年见不到几个钱。你们城里人就是身在福中不知福,现在说社会主义新农村的房子好,你去农村试试?

其实,城市的距离不是那些公里数字,而是人的交流。哪里远,哪里近,都是相对而言,你红钢城的人说汉阳远,可汉口的人还说你红钢城是乡里,当年的青山镇嘛。

比较买房的远近,其实就是比较和亲戚朋友圈子的远近。走动的距离远了,买那个房子的意义就小了。

流浪汉

北风呼号，松声阵阵，这是日本皇宫外大片的草坪，是日本人拜谒天皇的地方。日本人崇尚松树，皇宫内外遍植松树，据说是世界城市种植松树面积最大的地方。

这里也是中国游客必经之地，忽然，让中国人最感兴趣的事情发生了，中国人发现了什么，在那些松林中间，三三两两卧着一些包裹，像裹尸布一样在风景中显得特别扎眼。

导游说，诺，这就是流浪汉。

中国人简直不相信自己的眼睛，他们在这里睡觉？

早知道日本人不怕冻，零下几十度，日本女人还是保持下身尤其是腿部的线条，她们不穿棉裤什么的。

但是在这样一马平川的地方睡觉，这和中国的流浪汉区别大多了。中国的流浪汉起码知道避风，在人家的屋檐下、走廊中、拐角处，甚至还要搭个棚子。

日本流浪汉就这样睡在与旷野没有差别的地方。

曾经,我问过导游,日本有没有乞丐?

导游笑,你看呢?

在韩国,我都多少次看见乞丐,仁川、釜山、首尔,都有。我给他们拍照片,他们有的还骂我。

但是,导游说,日本还真的没有乞丐。因为,日本人是耻辱感非常强的民族,任何时候,他们都需要尊严。像韩信那样的胯下之辱,在日本人看来是不可思议的。

不过,日本有流浪汉,而且还不少。具有关部门了解,日本的流浪汉基本上都是亚洲金融危机造成的。一夜之间他们都破产了,这些曾经的企业主破产了。都是大老板啊,甚至还有金融寡头之类,至少也是CEO、高管等等,他们的车、房没有了,关键是,有赖生存的信用体系崩溃了。他们选择避世,和所有亲朋好友甚至父母子女以及妻子都断绝关系,整个就失踪了。他们没有自杀,他们只是失踪。

没有能力还债,对于他们来说就是赖账行为,这是他们的道德底线所不能接受的。其实,在中国,老赖多如牛毛,就是在报纸上了黑名单,老赖们依然故我,该吃就吃,该喝就喝。

我在日本街上到处乱走,居然就碰到不少流浪汉,他们十分有礼貌,虽然衣着陈旧甚至破损,但还算整洁，有的，头发都还是一丝不苟。有一次，一位流浪汉本来在我前面走，快进一个过道的门口，他发现我在后面，马上闪开，并立刻伸手帮我开门。

近年来，日本政府开始反省，认为在经济危机中，政府的决策失误也是问题所在，造成那么多的破产。所以决定，给那些流浪汉每个月发放生活补贴，大概相当于中国的低保吧。结果，多少年过去了，居然没有一个到救济点领取费用的流浪汉。他们依然靠捡拾垃圾去来解决日常生计，当然，日本的垃圾在中国人来看，其实还有相当的使用价值，他们扔的冰箱彩电很多可以正常用。

我想起亚洲金融危机的时候，我去香港，在维多利亚港码头碰见一个知识分子，会讲四国语言，但是失业了，靠在公共厕所之类的地方睡觉、洗浴、喝热水。我就想，肯定不是个人问题，这一定是城市管理部门出问题了。

日本有这样的流浪汉，所以有这样的政府，这个政府明白，这是社会的问题，严格地说，是政府的问题。有这样的认识，这个民族这个国家就有希望。

励志

有人说，如果将来纸媒还能存在下去，可能都是靠励志或者鸡汤的内容帮忙。

旅行中，经常在机场、高铁站等待，不管时间多少，我都会去书店看看。但是最近几年，这些地方的书店已经离我理想中的书店相去甚远了，基本上没有什么文学类的书，也没有多少社科类的书，有少量生活类的读物，大部分就是那些口水多过茶的励志、鸡汤书。

我理想中的机场、高铁站的书店，应该是台湾诚品书店那样的，或者像日本、韩国书店那样的，至少，要像俄罗斯、德国、法国、意大利那样的书店。

但是在中国这样寸土寸金的地方，书店几乎千篇一律，就像一些中小城市的书店那样，全部都是教辅材料。机场、高铁站的书店则几乎都是励志和鸡汤。

现场还有电视，播放的都是滔滔不绝的励志者的报告，大多数是男人，年纪可能在40岁左右。

忽然就想到那些街头上给人算命的江湖术士，也是滔滔不绝，好不容易抓住一个客人，立刻上下五千年、纵横千万里的快速说教。居然也是可以让人频频点头的。

认真去看，这些算命的虽然还不至于衣衫褴褛，却是完全遮不住其生存困顿在他们脸庞上的挂相。

就想笑，自己都过成这样了，还怎么能给人指出前进的方向？

励志者，当也如是，如果他们真的有什么发展良方，也就自然去像马云之类潇洒去了，哪里愿意给那些过客支着？

至于鸡汤，更是阿Q们的迷魂汤，骗人骗己罢了。

我倒觉得，如果这些地方的书店一定要这么开下去，不如完成全部配套，让那些摆地摊的算命先生麻姑之类也一字排开，也许可以相互关照生意的。

糊汤粉

粉,中国最普遍的小吃,中国人最爱的小吃。

其实,在我的感觉里面,粉就是面,只不过粉是大米磨的,面是小麦磨的,它们的形式基本一样。从胃觉来说,面属于硬食,更容易顶饿。北方人喜欢吃面,南方人喜欢吃粉。

中国各个地方几乎都有面,但是说到粉,好像就是长江以南包括长江流域才流行。

关于粉我问过许多人,回答差不多,桂林米粉,长沙米粉,大概是因为业者全国各地开店吧。

其实,广东才是粉最丰富的地区,虽然粤菜早已经打遍全国,但是,广东的米粉北方人知道得并不多,因为属于小吃,没有给予应有的重视。近十年,广东米粉开始走向全国,这主要缘于广东早茶的流行。

可以和粉配制的品种很多,一些配制品种直接给某种米粉定名,比如柳州的螺蛳粉。2000年,和单位考察团去云南、广西，我就特别喜欢吃沿途的各种各样的米粉。在桂林去柳州的大巴上，我们认识了两个小妹妹，是大巴服务员，她们听我们一路说桂林米粉，马上反应，其实我们的螺蛳粉更好吃。于是下车就随她们去夜市吃螺蛳粉，就是配制了螺蛳，味道确实不错。

后来若干年，珠海也有了螺蛳粉，我想，一定是柳州人来得太多的缘故，大家可能不知道，珠海的格力空调就是来自柳州的朱江洪创造的品牌。

但是，在其他地方吃到的螺蛳粉并没有螺蛳，问其因，回答也有道理：广东的肠粉难道有肠子吗？

去年又去了一次柳州，当然要去吃螺蛳粉，结果找遍大街，所有的螺蛳粉里面也没有螺蛳了。据说，是为了降低成本。

这让我必须夸一下我们武汉的糊汤粉，糊汤粉是用鱼肉刮成浆做成糊，掺入大量的胡椒，而且必须是黑胡椒，然后放入粉条制成。糊汤粉并没有鱼的冠名，但是地地道道的鱼肉粉，可见武汉人的内敛。

改革开放以后，曾经近三十年，糊汤粉和其诞生地的天沔花鼓戏一起消失了，让我一直想念当年六分钱一大碗的这个小吃。

后来在红钢城的棚户区发现了一家早点铺，是一个沔阳人做的，糊汤粉回来了，我就经常绕道去吃。结果发现，不仅是周围的老头老太们喜欢吃，连周围街坊甚至好几公里以外的老年人也绕道来吃，他们在怀旧。

现在，武汉市开始恢复传统，文化的、饮食的都有，一些湖北传说中的小吃又开始出现了，在户部巷，糊汤粉非常独到，加一根油条是最正宗的吃法，七元一份。

而且，吃糊汤粉最合适的时间就是秋风起来，冬天更好，因为有鱼肉，有辛辣的黑胡椒，大补。

看病

有人说，最近二十年，是中国经济的黄金二十年。

更有人说，最近二十年，是中国房地产的黄金二十年。

不过，我的印象好像有所不同，我觉得应该是银行、医院的黄金二十年。

曾经听说，在发达的资本主义国家，银行是多过米铺的。如果有一天中国出现这种情况，就是发达国家了。大家去街上看看，应该差不多了吧？

然后是医院，因为十几年没有住院，甚至基本上没有进过医院，对今天的医院真的不太了解，只要是医院的就是高楼大厦，一些医院如果没有标识，那种规模很容易让人以为是房地产之类的项目。

家里老人先后住院一年，我算是把武汉的医院搞清楚了。现在的医院，敢情都被武汉几个主要大学收编了，华中理工大学、武汉大学、湖北大学。

去得最多的还是华中理工大学的协和医院，我的印象中，是美国人送给中国人的礼物，当年，八国联军赢了清政府，只有美国人说，我们打你们，不是为了霸占你们的土地，是为了你们国人生存质量进入一个新的时代。他们把清政府的赔款全部用来在中国建医院和大学，他们说，如果我们不做这些事，你们的王朝是不会做的。

我从小就知道协和医院是中国医院的翘楚，专家如云，今天更加如此。开始他们告诉我，几乎所有中南大区的老百姓，凡是遇到大病，都习惯找协和医院解决问题，尤其是心脏病，不论内科还是外科，都是人满为患。我还半信半疑，去了一看，果然。

协和医院的大，不仅是外地人进去以后找不到北，就是我这个武汉人也糊涂，农村人更不用说。是一个建筑航母，楼房接楼房，大房套小房，几十部箱梯、扶梯，像一个超大型宾馆。你进去以后不用出来消费了，里面几乎什么都有，超市、饭馆、银行、麦当劳、肯德基，甚至还有星巴克。我很难想象坐在星巴克里面悠闲地喝着咖啡，旁边却是十几间做放射性项目的房间。但是我就确实这样怪异地和那些危重病人一起去喝咖啡。

不用出门，地下直接就上了地铁，是中山公园站。医院隔壁就是武汉的中山公园，其实是纪念张之洞的，武汉有很多纪念辛亥革命的地方。今天的中山公园，基本上是协和医院的后花园，感觉是给医院的配套工程，许多患者甚至因此专门到协和医院住院，因为有散步的地方了。实在是因为，武汉核心城区已经没有可以悠闲散步的场所了。

可能是因为管理还不到位，可能是因为看病的人实在太多，协和医院每天都乱糟糟一如菜市场，在任何一个门进去，都是人山人海，尤其是外科大楼，是医院最大的楼，也是人最多的地方，上电梯是一定要排队的，使人想到改革开放以前的中国，到处是排队的场景。很多高龄病人等电梯犹如爬泰山，等得近乎休克。我终于发现问题所在，经常是六部电梯只开两部，人为制造紧张，感觉是协和医院在搞饥饿营销。而且，电梯还有专门控制人员，难道中国人现在还有不会用电梯的吗？或者是医院为了消化富余人员？

而且，医院为了自己独立核算方便，你如果从一科转到另外一科，要先到后勤办理出院手续，再去办理入院手续。于是苦了病人，上上下下地跑手续，人为制造紧张，制造麻烦。

从一个细节就可以看出他们内部管理有缺陷，就是房屋的折旧太快了，才过多少年，大楼外面还是新的，里面已经陈旧不堪，尤其是外科大楼，里面脏得像县城甚至乡镇卫生所。但是病人们已经顾不了那么多了，外科经常是一位难求，做手术肯定要排队，走廊上都经常睡满了病人。

据说有的地方，实习医生想进行临床试验经常找不到病人，在协和医院绝对没有这个问题，病人多到经常找不到医生，因为医生基本上都待在手术室里面了。

我觉得中国的医疗问题一直是卫生部没有很好解决的问题，其实就我这个外行人都知道，要想解决这个问题，应该也是目前中国完全可以办到的事情。比如扩大医学院的招生，免收学杂费，并且给学生进行国家补贴，对于重要医院，名气大的医院，地方政府要给予相当的优惠，并且在土地的使用方面要优先考虑。

但是，有知情人说，谈何容易。

小产权

知道小产权这个事情，还是二十年以前，重庆的表妹告诉我渝中区两路口附近在拆迁，一些改造以后的房子，多半是两房一厅、三房一厅，人民币三万元左右就可以入住，电梯房喔，但是没有房产证的，只有个“纸飞飞”。问我要不要，我考虑了很久，怕以后会有纠纷，放弃了，真是不长后眼，表妹告诉我，过了七八年，房产证的问题都得到解决。

还是二十年前，我去北京圆明园福缘门采访那些先锋画家流浪汉，都是住在村子里的，这些人后来几乎在出名以后都住了大房子，他们选择了宋庄。一个院子当时就几万元，几年之间就涨到几十万元，现在不少院子经过改造已经几百万元了。当时他们要求我也闹一套，我只是笑笑。

我不是没有机会，1998年，我出版了一本畅销书。有一些西北来的文友约我去看他们住的房子，在珠海的鸡山，山坳里面，外面是海，里面完全是北方那种山，环滁皆山也，没有正经路，要搭摩托进去，却是一个完整村子。一栋四层楼，开价就五万元，晚上在顶楼看漫天的星星，画家、书法家都买了，只有我这个作家觉得这样靠村子里面的领导写字画押不靠谱，还是算了。现在，那里已经是珠海很有档次的别墅区了。

后来知道，像我们这样没有办法赚大钱的人，要想住上大房子，只有打小产权的主意。前提是，不能有那么多条条框框，不能怕麻烦，还要像城中村那些钉子户会和政府周旋甚至纠缠。

除了手续不正规，其实还有个面子问题，怕人家笑话，怎么住农民的房子，我们圈子里面，一直瞧不起住小产权的人。

后来发现，那么多大画家都是住小产权，比如我的朋友胡永凯，在通州，改造了一处农民房，居然有十八个带抽水马桶的房间，终于可以养自己喜欢的藏獒了，如果在香港，或者上海，这是海市蜃楼的事情吧。

一个作家朋友最近一直拉我去看鄂州的房子，东港，武汉人找的一个村子，帮助他们建设社会主义初级阶段的新农村，别墅有二千元一平方米，最小单元也有二百平方米。我去一看，当然是小产权，这个概念我已经接受，价格也好，在高速公路出口，离城区近，离武汉有四十分钟车程。但是，太像个农村，地地道道的农民房，开发商还是武汉大学毕业的博士后，怎么这样没有品位。整齐划一的房子，外形完全一样，大小都几乎一样，像军营。我认真地向他们讲解了别墅的概念，别墅不是有别墅的功能就是别墅的，别墅的意义在于审美，要步移景换，互相借景，还要别墅与别墅之间有相当的距离，像你们这样摩肩接踵的，和城市的城中村还要什么区别？

其实，他们有大把地，除了还建需要给了当地村民一些房子，都可以进行商业开发，因为建筑结构，外立面太过老土，很多城市人看过都摇头，把地方浪费甚至糟蹋了。

作协消息

今天又有关于作协的消息，这些年只要关于作协的信息，基本上就不可能是正能量的。

这不，关于作协的消息其实跟写作毫无关系，重庆一个女作家要把自己的遗体冷冻起来，等待五十年以后复活。

这个消息让我有好几种想法，五十年，这个数字有什么说法吗？是不是根据领导要求的五十年不变？还有一个，你已经是遗体了，怎么个复活呢？应该是还保留生命体征时冷冻肉体才有可能将来的复活吧？

我长年研究中国当代文学，最起码，这个作家的名字就没有听说过，可见她应该没有什么名气，是否有搏命一说？为了出名吗？

据记者调查，连重庆作协主席都不清楚这个事情，只是简单回答，大概有这么个会员。

然后，我才知道，连重庆作协主席对我来说都是一个陌生的名字，查网络，几乎没有什么文学作品，原来是个政府官员。可能就是传说中某些为了解决级别才去作协走一下的人物之一。因为我知道，虽然重庆目前并没有全国著名的作家，却也不至于让一个基本上属于玩票性质的官员去占作协主席的位置。

也是巧，我有一个十几年前的保号手机号码，今天早上忽然响起来，居然是十几年没有任何联系的广东作协来电，原来是搞调查。告诉我，你是十年以前评的二级作家，中国作家协会最近要求各地作协了解一下一级二级作家的情况，我问，做什么用呢？对方只是问，多大年纪？在哪里工作？好像忽然开窍，关键是，你是什么级别？是否党员？

当听说我什么也不是，对方马上客气地说再见。感觉就是那些保险公司的问询电话，拉你入身体保险，听说你已经六十多岁了，马上和你拜拜，你已经没有保险的意义了。

作协了解会员的情况，不是问写作情况，不是问发表情况，不是问出版情况，不是问你的作品有没有市场，而是问你当官没有，这真是奇葩，是不是全国所有地方作协都有这样的问询，还是广东作协独有？确实是中国作协需要了解，还是广东作协某些领导需要了解？掌握这些有什么意义吗？

不得而知。

我与《文学自由谈》

1996年元月，我陪父亲李建纲回太原看奶奶，特别去山西作家协会拜访了韩石山先生。我们父子二人的外形给人截然不同的印象，韩老师说，我父亲是那种儒雅的书生，而我则像足街上的牛二。后来，杂文家朱健国也在文章里面说我就像武汉街头拉板车的贩夫走卒。

可能以前韩老师就对我的文字有一点印象，是不是有点像泼皮无良的少年？得承认一个事实，我的确从小喜欢在街头看骂街，各个流派都着迷，特别是大妈级，湖北的、东北的，不是博士后，也是博士前，水平相当了得。

20世纪70年代，父亲被关了牛棚，本来是知识分子的母亲被单位当农民工去看仓库，差不多深夜才能回家。我就基本上成了放羊的，每天就像当年徐悲鸿说的，日长如小年。大概因为识字早，除了围观骂街，阅读成为打发时间最好的方式，回家读鲁迅，出门看大字报。

好多年以后，有人问我，你的文学基础是什么？或者更过细点，你的文字基础是什么？其实，就是这样三个来源：鲁迅、大字报、骂街。

如果我有文学起步的话，开始也是诗歌、散文什么的，我的老师都是很牛的，当时我的诗歌都是直接找大作家徐迟批改的，他的善意的、调侃的教导，后来成为我对一些年轻人文字的解释风格。

但是，写了好多年，没有一点进步，虽然也是到处发表，却是没有一篇让人记住。有一次在武昌的地摊上，发现韩老师在长江文艺出版社出版的一本小说，五角钱买了，觉得写得还算不错嘛，怎么没有人知道韩石山会写小说？若干年以后，韩老师在文坛声名鹊起，因为他的杂文，因为他的历史考证，这才是韩老师的本尊。

那次承韩老师鼓励，他对我的文字印象好像也是语言方面，主要是理论文字，当时就给我介绍了谢咏、阎晶明，都是山西评论界明星，阎晶明当时供职山西作协理论部门，就像韩老师的小兄弟，马上赶到韩老师家来见面，后来还给我写过一篇书评，今天，他已经是中国作协的领导人之一了。

韩老师特别推荐我向天津的《文学自由谈》投稿，

说，这是你的路子。

之前，其实我已经向《文学自由谈》投过稿，大概因为脾性没有摸对，没有什么效果。早在《文学自由谈》创刊初期，我就注意到了，当时江湖传说，他们要在津门开展文坛揭批查运动，先内斗，再外批，要大字报、要大批判，要让人满地找牙魂不附体。

我是不相信的，因为此刊是冯骥才创办，是父亲的老朋友，他的文风我熟悉，他的为人风格我也了解一点，虽然人高马大，内心却是温文尔雅，细可绣花的。但是，他怎么会创办这么个具有相当文锋的刊物呢？难道，他的后面跟着一个揭老底战斗队？

我后来想，冯骥才的团队里面一定有高人，否则，如此批评，甚至是批判，不怕真的引发内讧？

但是，津门没有因此刊爆发文坛的"文革"，却是如走钢丝一样，有惊无险，一路过来。并且，成为文坛被广泛接受的文学刊物。

我知道的，在武汉，就有不少个人和单位长期订阅《文学自由谈》。比如在武钢文艺编辑部，因为经费紧张，每年都会对往年的刊物进行订阅评估，他们坚持十几年如一日的订阅《文学自由谈》。

因为这个刊物的确好看，值得看。如果说中国有百家争鸣的地方，毫无疑问，非他莫属。虽然后来也有韩石山的《山西文学》，也有陈歆耕的《文学报》，好像都没有《文学自由谈》走得稳走得长久。

我觉得这缘于一个人，韩老师当时告诉我，你就直接给他稿。这个人就是掌门自由谈好多年的任芙康。

因为有了这个任芙康，红旗到底能打多久的疑问不攻自破。

一个人做件好事并不难，难的是一辈子做好事。我觉得批评也是这样，批评一次两次可以，难的是几十年如一日的进行批评。中国文坛因为氛围、因为圈子、因为领导，长期以来，文学评论以表扬与自我表扬为主，不提倡批评，尤其是真正的批评，如果有批评，也是小骂大帮忙。《文学自由谈》的出现，打破了“解放区的天是明朗的天”的惯例，也有阴天了，也发现雾霾了，甚至还有隆冬。

其实现象是早就存在，只是皇帝的新衣，没有人敢去说而已。

所以，《文学自由谈》的土壤早就在那里，只有天津人想到了，去开发别样的田园。别人园子里面都是花朵，甚至花朵多到连绿叶也没有了。自由谈的园子里面出现了绿叶，甚至出现了枝丫和芒刺。

我后来的幸运就是得到了任芙康的赏识，作为一个文字工作者，还不敢说是作家，得到一家主流杂志的认可，意味着走上正路。从某种意义上说，任芙康对我具有拨乱反正的作用，要不然，我还是在什么小说、散文、诗歌、戏剧方面像个无头苍蝇瞎撞。

《文学自由谈》就像满汉全席，任芙康就像个大厨，我非常高兴的是，他让我做了一道配菜，而且一配就是好多年。在他烹饪的文学批评大餐里，我有幸见识了那么多大菜、硬菜，李国文、韩石山、陈歆耕、毛志成、陈冲、李建军等高手。

通常，写杂文的人都是个性很强的人，他们都有捍卫自己观点的习惯，执着甚至过于执，甚至到捍卫自己缺点的地步。要把这样一些人团结在刊物的周围不是一件容易的事情，需要有相当的个人魅力、个人影响力。我在任芙康身上看到这种力量。

在他的身上，你能明显感觉到20世纪80年代前后，那些具有传统文人形象的编辑。他们十分认真地从来稿中发现好的文章，非常认真地给你的文章提出修改意见，甚至上山下乡，不远千里找到作者所在地，深入浅出地和你面对面交换对文坛对作家对作品的看法，让你心服口服。今天的文坛，哪里还能见到这样懂得传帮带的编辑？都是作者，尤其是我这样的业余作者主动找上门去，编辑，尤其是主编是不大可能到下面来看望我们的。其实在这十几年期间，我不止一次路过天津，都只是在火车站短暂的停车时想到这个地方对我的意义，想到这里的杂志、编辑对我的帮助，心里是不敢随便打扰他们的。

任总却是有几次趁会议空隙来走访沿路的自由谈作者。记得有一次他途中严重感冒，到了我这里已经支持不住了，还是打趣自己的一路凶险：从蛇口出来，经过虎门，掉进珠海。让我们哈哈大笑，我还是在他那次启发下，才发现广东珠三角一带的地名真的有点耸人听闻，比如珠海就有留尸岛、磨刀门、垃圾尾、翠香路、鸡山乡。因为是珠江入海口，上游经常有尸体下来，一般就在回水之处留住，现在的留尸岛已改为留诗岛或牛狮岛；上游来的垃圾堆积在万山群岛最大的一个岛，垃圾尾现在叫桂山岛；只有翠香、鸡山这样具有烟花柳巷性质的地名还是应广大人民群众要求予以保留，以成全珠海浪漫城市的特区特质。我曾经不止一次为来往的文人解释这些地名，比如斗门，和阶级斗争没有关系，珠江出海口有八道水，俱称为门，澳门、鸡啼门、崖门、斗门、磨刀门、虎门、江门都是依其形状得名，这些年，只有任芙康让我们感觉这些地名的魅力与幽默。

我们都知道批评文章不好写，其实批评杂志更不好编，批评不到位，等于隔靴搔痒，欲说还休，等于没说。但是过了度，也会造成不良后果甚至严重后果。怎么把握这个度的问题，是考验一个主编综合应对能力的问题。在中国，文坛属于意识形态领域，属于上层建筑，属于微妙的社会，三十年来，《文学自由谈》一次次化险为夷，是和他们高超的编辑技巧有关，这里面，任芙康的纵横捭阖、左右逢源、见缝插针、雪中送炭、庖丁解牛的水平叫我五体投地。

作为作者，我们还可以不管不顾，甚至一意孤行地去嬉笑怒骂，但是必须要有他的一夫当关的责任心。老实说，我也是在学习他的文风下成长的，任芙康精妙的千字文，是我学习的范本，他对文章的修改看出他批判锋芒中带有的对人的关怀，悲天悯人也好，恻隐之心也罢，甚至他内心深处具有的一点中庸之道，也让我以后的文章在琢磨平衡方法时具有醍醐灌顶的作用。要知道，《文学自由谈》不仅仅是面对我们这样的童言无忌，更要面对广泛的文学受众，在所有垃圾中，文化垃圾是最难清理的，一旦因为我们的一时快感而产生垃圾，其污染的范围可能是无法预料的，甚至会为编辑部带来灭顶之灾，这样的先例已经层出不穷。

记得有一次我写了一位德高望重的作家，出现一点常识性错误，正当我后怕时刻，因为发现太晚，所以后怕。结果我收到的刊物里面已经被修正过了，平安无事。

所以我们这些文化晃晃信赖任总，甚至由信赖而依赖，天塌下来有他顶着。他注意细节的态度也让我感动，不光是注意文章的论点，批评的口径，用典的准确，与政府号召的接轨和嫌隙，等等。在对批评对象的遣词造句方面，他也是要求得非常严格，处理得十分妥帖，比如对于文章涉及女性作家，一定不能拿对方的长相、身体、婚姻、绯闻，甚至个人交往开玩笑，甚至善意的调侃也是不可以的，这是对知识女性起码的尊重。他强调，因为女性的承受能力是有限的。确实如此，男人的承受能力要高许多，以我为例，我的脸皮就异于常人，承受能力比许多男人高出许多，既然是批评为业，那么就必须具备相当的被打击能力，否则在这个社会环境中，你会经常感到无助甚至陷于崩溃，唾面自干，是一个批评家的标配。

今天的文学已经边缘化了，文学批评就更加边缘化，作为一个异乡人，长期生活在商业化的南方，当然更加边缘化，当地作协一些官员对于我这样不善于巴结的文人一向嗤之以鼻。这也让我十分识趣，一个真正的以挑剔眼光批评文坛的人，是不可能得到作协系统的平台资源的，他们唯恐避之不及。当有人在我面前以中国作协会员倨傲时，年过半百的我自然非常惭愧，对不起党啊对不起人民，小的我至今入会无门，只能小声告诉别人，我的学生有入了中国作协的，老师不一定要比学生强嘛，青出于蓝就可以了。

只有任芙康，让我知道中国古代还有个以文会友的传统。去年在西樵山见到著名作家梁晓声，众声喧哗中，一干不识趣者纷纷上去求合影，他把众业余们一一推开，主动与领导合影，然后严厉谴责网络语言网络暴力，特别对屌丝一词深恶痛绝。我说，非常不幸，小的就是屌丝，文坛屌丝。可能梁作家想到掉粉的问题，次日同意屌丝们的合影请求，以志到此一游。

20世纪80年代，武汉市曾经是文学黄金十年的重要码头，不光是有姚雪垠的历史小说、徐迟的报告文学、碧野的正能量散文，还有大量的诗歌暴民和我等所谓杂文作家。

到了今天，基本上可以盖棺论定，从事杂文业的几乎都成为屌丝一族，有的甚至生计还是问题。听说，民国时期如鲁迅者的稿费是让那些写长篇小说如张恨水之流羡慕嫉妒恨的，鲁迅可以凭杂文写作到处买房，杂文家甚至可以号令天下。现在这些，肯定是江湖中的传说了，鲁迅的文章虽然今天仍然放之四海而皆准，但是他如果不去写时评，肯定连温饱都顾不上。这个时代，有人说是饿死诗人的时代，其实也是饿死杂文家的时代。我认识的杂文家，没有一个活得高大上，不说高大上了，就是比较体面的生活也达不到。有人告诉我，还是有些杂文家可以衣食无忧的，我可以负责任地回答，那么肯定是靠其他事情活下去的。如果某一天有人跟我说，我就是靠杂文混出名堂的，我敢当面对他说，那么你肯定是假冒伪劣，就像相声演员可以把听众说得见周公，那他们说的一定不是相声。

或者，他连时评都算不上，是个写社论的吧？在深圳，确实某年某月某日，有个社论专家中了鲁迅文学奖，但马上就有人反映那是个相当级别的领导，给作协捐款若干，名义上是支持精神文明建设。

武汉这个城市有悠久的杂文传统，在民国时期，大革命时代，文人们就在这里对蒋介石政权说三道四。新中国成立以后，因为胡风这个湖北佬的杂文问题导致成千上万的杂文家被牵连，我至今仍然崇拜他，怎么能够把杂文写到三十万言之长？一个胡风，一个聂绀弩，把湖北，把武汉，变成杂文的伤心地，那么多的杂文作者身陷囹圄不能自拔。

但是，传统就是传统，回也不改其乐，湖北、武汉的杂文仍然香火鼎盛，我坚持认为，当年的武汉杂文，是今天微博、微信的祖师爷。只是，当年的杂文家，现在已经分化得非常严重，以车延高为例，好像他今天仍然是武汉杂文学会会长，但是柴门久不开，他早就意识到杂文的危险性，改行做诗人去了，所以才有目前的高就。还有个刘洪波，后起之秀，我们还是承认他的杂文创作，只是他的杂文改良许多，他似乎有两副笔墨，有人说他晚上是缺德派，以搏众声拥戴；白天他是歌德派，以表管理部门功德无量。所以他现在也是《长江日报》集团高管，与达官贵人看齐，窃以为杂文家要走正路，洪波兄弟可做楷模。

当年在武汉混的杂文家，鄢烈山、朱健国，还有李某人，南下干活，鄢在广州，朱去深圳，我到珠海，好像声名都有所进步，但都一直游走于屌丝与牛逼之间。在下混成标准的屌丝，朱兄不济，因言获罪，好像当年也是个弼马温吧，结果丢官去职，一度生存无着。我去北京帮他推销新书，着书商先行付款，结果因为出版社审查不过，造成书商受损，最后拿我的版税顶账。鄢兄则通达得多，虽然也是愤青属类，却不时有识时务之举，故而以非中国作协会员之身份获得鲁迅文学奖，甚至因此与几十年两小无猜的朱兄反目，朱兄认证其被招安，鄢兄机锋相对，认为朱某吃醋，闹出楚人好内讧之亲痛仇快的事体。

时事如此，我等只能偏安。好在有任总不计名分，不断问寒问暖，让我感到文坛至少还有任芙康。

而且，杂文也不见得都是惹是生非，即便是惹是生非，只要没达到王实味那样被砍头的地步，日子也还是过得下去的。我觉得体面的杂文家的生活，就是像孔乙己那样，布衣长衫，能够挤在群众的队伍里，站着喝酒，就可以了，如果再来点茴香豆之类下酒，并且酒后还能够数得清茴香豆的数目，就是组织上信任，糟糠妻放任，以后，也许可以带来额外的快活。比如，我的几本书，后来证明在市场上走得还不错的，就是杂文带来的意外。1998年，中国个体书商鼎盛之年，他们出版的书几乎占了中国出版业的半壁江山，野夫出版了易中天的《中国的男人和女人》，贺雄飞出版了余杰的《火与冰》，一个山东出版商推出了我的《李更如是说》。这三本书，在北京都是一个印刷厂排版的。我的书第一次成为全国畅销书，仅仅次于余杰的书，易中天的书销得一般，记得野夫还把版权卖给韩国人，收到一千美金。易中天是后来受到中央电视台的帮助才如日中天。

我的另外一本书，《文化晃晃》，说来有趣，那年我的一篇小文章遭到批判，深圳一个网友告诉我，上海的《文汇报》发了一大篇指名道姓的文章，比我的文章还长。标题就是我的名字，文章占了几乎半个版，反正批得我肯定是体无完肤，网友给我专程送来报样，因为单位效益不理想，外地报纸基本上看不到了，所以网友行为相当于千里送鹅毛。真的，看得我毛骨悚然，有刮骨之效，由愤怒而佩服，上海还有人写这种文字，网友和我一致认为，没有娘娘腔就是好文章，何况这文章出自产生过姚文元的大上海，相当于姚文元给你做了广告，网友说。

广告的作用是无敌的，未几，上海东方出版中心一位资深编辑找到我，准备出版我的书，记得她是这样介绍她的出版社的，国家队，人民出版社之东方出版社在上海的副牌，曾经出版过余秋雨的《文化苦旅》。这就够了，我知道，他们的审查是非常严肃非常严格的，通常只出版学术书籍。

后来，韩石山亲自为山西北岳文艺出版社主编了一套当代文坛酷评四家的丛书，收入我的一册《摸痒了，还是摸痛了》，让我十分感动的是，在今天纸媒式微的现实中，我的书居然还能销，没有给韩老师丢人。这本书特别值得我纪念的是，韩老师亲自编辑体例，选择文章，甚至在我的博客中翻捡，这样的老师今天也不多了吧？在此严重提出感谢，石山老师，受累了！

这些书中的文字，大部分就是在任公主编的《文学自由谈》中刊发的，有任芙康的眼光有力的审视过的。

还要说到一点，一家成功的刊物，必然有一个有江湖地位老总，主编的眼光和素养决定一本杂志的走向和前途。我一向是唯主编论的，现在有许多号称纯文学的刊物，好像是倡导集体领导吧，没有突出主编的个性，几乎所有的省级纯文学刊物都有一个个性缺失的问题，你不知道那些杂志主打的是什么，可读性也不好，四平八稳，缺乏锋芒。

当年，韩石山主编《山西文学》，马上把一本要死不活的杂志弄得风生水起，虽然经营上一时解决不了那么多陈年烂谷子的问题，至少，文章已经火爆起来。可惜，好景不长，随着韩公退休，他的名字也从杂志封面上消失，《山西文学》又回到一潭死水。

也是当年，陈歆耕接办《文学报》的新批评，与《文学自由谈》结成盟友，南北唱和，一时气象万千，好像《新批评》的火力更猛烈。听说，陈公也于日前退休，《文学报》也回到法相庄严的位置。

他们都是接班人问题没有处理好，后继无人。《山西文学》成功完成了去韩石山化，现在已经一点韩某人的痕迹都没有了。《文学报》更加奇葩，新批评没有批评不说，连原创都没有了，变成一种剪报，变成文摘类别的东西，现在的领导人玩起了剪刀加糨糊的游戏。刚刚觉得柔软的上海文坛有点阳刚气，居然因为换将又变得阴柔有加，看来传统是一个地方固执的一种延续。

《文学自由谈》屹立文坛三十年不倒，就是他们很好地解决了接班人的问题，接班不是权力的简单交接，而是传统的延续，保持敏锐而不激进的风格，保持同仁刊物的向心力，这种民国风范的文人刊物，就是我们认识的《文学自由谈》。

今年我已经五十三岁了，希望我在有生之年还能看到《文学自由谈》的下一个三十年。

序平沙文集

20世纪80年代我到珠海以前曾经游历过大半个中国，现在回想，才发现我的沧桑感来得太早，因为太疲惫，居然觉得自己是不是已经很老了，老得需要一个安静的地方去待着，这样我走到了珠海。

在珠海的头几年，我只是个临时工，每个月拿着单位最低的收入，竟然还想着如何行孝的问题，为了解决父母看彩色电视的愿望，只能在吃饭方面动脑筋，我们山西人有个理论，嘴里省的就是赚的。1987年前后，在珠海一元钱可以吃饱，以一元钱计价的多得是，一盆炒田螺，一盘干炒牛河，一扎冰镇啤酒，我一个月的收入居然就是二百五十元，我想我当时就值这个价，当时一台十八寸进口彩电三千二百元，我在考虑怎么用最短的时间把温暖送回家。

当时的记者是没有红包的，想买彩电只有华山一条路，就是死攒工资。

我算了一下，如果一个月不吃饭，我可以结结实实攒下九十元，这对我来说太过梦想，怎么实现这个梦想呢？

机会就这样来了，单位派我到县村驻点，斗门、平沙，在当时的地图上看，很简单，就是几条线，分别标明公路、河流，真正走起来才发现，简直到了另外一个城市，大清早出发，晚上才到，披星戴月。因为中间隔了好几条河流，需要一次次摆渡，摆渡船不是去了就有的，需要长时间等待，一等就是一小时甚至更长时间。

今天还能清晰地记得当时的惊喜，20世纪80年代的中国，到处是衰败的房屋，平沙山庄，坐落在绿水绿树环抱的小山包里，就是一幢独栋别墅嘛，按照今天的说法，就是高大上，最近我去看了一下，过去了快三十年，那种设计应该还没有过时。当时，我一个人一间标间，一住几个月，除了偶尔有一些领导、兄弟单位的走访人员，经常几乎就是我一个人在里面散步。单位里面没有人替换我，因为同事都结婚了，或者有对象了，不愿意长时间下乡。而我，按照现在说法，标准的单身狗，正好在此修身养性，除了发一些稿件回去，就是一个人在那里写小说，相当于专业作家，相当于参加笔会。而且，在平沙，不仅能够吃饱，还能吃好，生猛海鲜管够。更重要的是，我省下的饭钱，贴补了给父母买电视机的费用。

闻名全国的平沙华侨农场，是中国农垦系统的明星。每天走在一望无际的田野上，到处是甘蔗的青纱帐，海风吹来，似乎能嗅到甘蔗的丝丝清甜，特别是糖厂开榨季节，这里完全成为甜蜜的国度。我在这里完成了几次大的调查，围海造田，广州知青，华丰伊面，海上温泉，生猛海鲜。

接待我的老何是个广州知青，告诉我当年的平沙并不是这样一马平川的，是真正的沧海桑田，用了无数个工，向大海要地，可以说平沙是围出来的地。而围海造田是不能不提到以广州知青为主的知识青年的贡献的，他们在这里贡献了他们的青春，甚至许多人就留下来娶妻生子，成为当地的土著。正是这些知识青年，为平沙带来文化的空气，许多人养成了长期阅读的习惯，甚至出现了不少写文章的高手。幸亏有很多知青，平沙人从白话方言包围圈里面跳了出来，那个时期，我几乎听不懂广东方言，而斗门、平沙方言比广东方言更加难懂，我说是方言中的方言。采访时的困难是可想而知的，除了那些方言，还有的人干脆讲的就是越南话，我常常站在那里听人们滔滔不绝，然后像个外国人一样赔个笑脸就走了，后来还是知青来帮我翻译，我才明白这里的人们在想什么。

我当时对难民问题很感兴趣，越南排华，导致成千上万的中国后裔流离失所，广东因为地利之便，成为理所当然的收容所在，平沙更加责无旁贷，当年平沙有专门的越南归侨安置部门，今天还有不少当年的难民留在平沙，过着比较幸福的生活。

二十多年前，全国销售量最大的方便面并不是统一康师傅，而是华丰伊面，不仅是珠海数一数二的品牌，也是全国响当当的品牌。华丰方便面几乎就是我的主食，可以说我的青春记忆有相当部分是华丰方便面充填的。

我对温泉的印象，也来自于平沙温泉，真正从海水里面冒出来的温泉，当年，我们一帮小年轻，在这里用滚烫的海水煮鸡蛋，至今令人称奇。

还有，我对海鲜的记忆也是平沙留下来的，我后来成为吃虾达人就是在平沙起步，我的剥虾速度快过别人吃虾的速度。

一个人的痕迹留在哪里，哪里就留下这个人的记忆。

除了物质的痕迹，更重要的是文化的痕迹。文化的痕迹，是靠文字留下去的。

现在，以李享贤、梁显亮、吴立平、刘韶辉为代表的平沙作家们推出了他们的集体 记忆，他们的生花妙笔，让我再次回忆二三十年前刚到珠海、刚到平沙的事情。我相信，再过若干年，他们的这本书，将成为这个历史时期平沙社会风貌的考据依据，多少年以后，多少人会通过这本书，回忆今天的平沙以及平沙的一帮文人们。

日本书店

作为一个读书人，只要看到书店就高兴。要知道，在中国，实体书店已经所剩无几，特别是那些县城，几乎没有书店了，如果还有，一定是卖什么教辅的杂货店。就是在大城市，真正的书店也不多，几乎所有的新华书店都把主要的门面让给教辅、儿童用具，甚至干脆变成服装店、化妆品店、百货店。

但是在日本，完全让我大跌眼镜，这个世界最发达的国家，没有因为互联网的高速发展而出现像我们这样让手机独大的情况，纸媒阅读仍然是他们接受文化的主要来源。

不仅是报纸、杂志，书店内书籍仍然牢牢占据重要位置。

在大阪、东京，所有繁华的商业区，几乎都是主要位置，居然就有书店的存在。而在台湾，即使如诚品书店，也大部分是开在商业区的地下室、二楼之类的地方,香港、澳门当然更不例外。

日本的书店不仅是开在商业区的重要门面,而且面积非常大,并且是那个商业区人头最多的地方。

在目前的中国,即使有书店生存,卖的都是玩具、教具;如果有所谓书籍,基本上都是励志、鸡汤之类,社科类、文学类靠边吧。

当然,日本书店也有个特点,就是他们的成人读物非常多,销量十分大,而且我观察了几个小时,光顾的读者居然以白领女性居多,男人反而面对这些女优内容变得腼腆。

日本书店,文学类书籍占主流,然后是家庭实用类,然后是政治类,而政治类,除了日本本国问题,占第二位讨论的居然是中国大陆。

就是在成田机场这样的地方,随便看去,就发现了四家规模不小的书店,好像他们并没有竞争的生存危机,反而相得益彰。而在中国大陆,你去机场、高铁这样的地方,即使有书店,卖的也还是励志、鸡汤,感觉中国人的阅读口味就是如此低幼,如此郭敬明化。

微信

忽然感觉微信就像个杂货铺子，卖什么的都有，而且多半是条块分割，泾渭分明，专业化程度很高。

比如卖诗歌的就不会卖小说，甚至散文随笔也不卖。卖隐私的基本是娱乐界的东西，一般不会政治化。卖书法的绝对不让绘画进入其地盘，因为怕画家抢了生意。

本来我是为了通信才玩微信的，首先是微信如果不用自己的流量，可以零消费。并且，微信比短信容量要大得多，可以发很大的图片，还可以发视频，发声音，连整本书都可以一次性发出去。

后来发现微信还是个非常好的自媒体平台，可以充分展示自我。

我是因为一帮诗人才知道微信的好处，纸媒的诗歌阵地较少，诗人常有，而发表机会不常有。李某人三十年以前就说过，诗歌是青春期的排泄物，几乎人人有之，没有合适的去处是不行的。当年那些刊物有专门的诗歌版面，大部分也被写诗的人把持，即使不会写诗的，如果当了诗歌编辑，也一定要写的。

目前因为市场经济影响，如果地方政府不能拨专款办个文学刊物，想要人民看见自己大作就只能靠博客，现在博客不吃香了，就纷纷涌入微信。

我的微信圈有一半是诗人，女同志居多，或者类女人的男人居多，或者性别中性的同志居多。他们或者她们或者它们，每天一大早就开始挂出自己或者朋友的诗歌，知道也是卖不出去的，只是为了博取别人的点赞。有一次我问其中一位忙于挨个给诗歌点赞的兄弟，你到底看不看这些诗歌的？对方笑得尴尬，有时候感觉像兽医站的检验员，出去给每头出栏的猪盖章，至于这猪有没有毛病，则是看都不想看的。

敢情是过家家的，什么不好玩啊？要不，是强迫症，不去点赞或者不被人点赞就慌得紧？

就我这个不大的微信群，每天产成品诗歌二百五十条。这还是我不断把他们给删掉的结果。

其实我喜欢微信还是因为圈子里面有许多秀逗之人，他们习惯表现自己，知道坦白从宽的道理，把自拍全部招拍挂，我也能跟着他们去祖国各地甚至世界各地看看。当然他们也会招人烦，就是过于露，大半是女人了，晒自己身体某个部位，晒自己的饭局，晒和自己暧昧的人，其实我认为人家就是秀幸福，但是对于那些不幸福的人，就是违章建筑，看着让人讨厌了。

最怕那些开微店的，多半也是女人，拼命刷屏，一天不刷个几十次就活不下去的感觉。把山寨版的东西挂了一大堆，你不能批评她们，否则跟你急，好像都是脾气不好的女人才经营微店，动则开骂，好在不是卖西瓜卖肉的，否则可能拿着刀冲下来。我仅仅是和她们开个玩笑，就把我拉黑了，这倒挽救了我，要不我真的可能因为面子去买她们东西的。

真正让我离不开微信的，还是因为微信的信息量太大了，以前我只是在报纸上接收社会信息，现在有微信了，远比报纸信息量大，丰富、全面、快捷，离真相近，既有唯物，也有唯心。

而且，自从我的眼睛老花，从纸媒的阅读大不如前，要知道阅读是我一辈子的爱好，关键是，阅读是我等苦逼一族最好打发时间而消费最低的娱乐项目。有了微信，我又得了阅读强迫症，阅读量甚至超过以前的纸媒阅读。

特别是，通过微信，我拉近了和亲朋好友的关系，甚至他们的工作、学习、健康，都在我的掌握中。

微信，甚至让我感到年轻。

善贴

很长一段时间，我在琢磨韩国人的承受力问题，换一种说法，为什么那些韩国人会那么脆弱？

韩国人的自杀消息，几乎不间断地传到中国来，经过中国媒体的放大，一瞬间我甚至以为韩国人崇尚特别了断的精神。而其实，韩国好像并不是自杀率最高的国家。以前知道的，日本职场经常有不堪压力者的自杀新闻，由此了解日本生存的不易。现在，日本经过十几年的经济下滑，自杀率反而下降了，可见经济的高速发展并不能带来人民的安乐。

但是韩国人的自杀问题并不是经济问题带来的，而是跟他们的道德底线有关。知耻，是那些自杀者的共同点。本来，知耻是优点，但是在韩国却是造成社会问题的根本所在。

娱乐圈不断有人死于自杀，甚至政界亦是自杀的高发领域，连总统都可以一时想不通就跳崖的。

据说,原因之一就是网络日趋暴力的自媒体问题。

显然,那些韩国人比我们中国人脆弱多了,我们中国人自从民国时期的阮玲玉以后,再也没有被骂死的,更没有被吓死的。

有人发现,我们的网络暴力是与经济发展高度一致的。随着国力的增强,我们的网络暴力也与日俱增,在全世界同样领域,我们超前发展。而同时,我们对网络病毒的免疫力也不亚于那些为国争光的奥运健儿。因为我们的强壮,我们不怕任何细菌。

比如我们的足协,比如我们的作协,比如我们的娱乐圈,不是被亿万网民骂了几十年?但是他们像地震中的猪坚强一样毅力顽强,唾面自干,在骂声中成长,逐渐发展成以被骂为荣,以被骂为乐一族,像受虐狂一样渴望被骂的感觉。他们认为有人骂你,证明你有人缘了,说明有人关心你,有人对你恨铁不成钢。那么你的机会来了,在中国,没有丑闻的人甚至都不配做名人。

所以,脆弱如韩国人要是到了中国,估计自杀率会成倍增加。而坚强如中国人,去了韩国面对毒舌网民,一定如沐春风,甘之如饴。

但是,韩国人仍然没有觉醒的意思,他们好像没有强大自身承受力的意思,而是寄希望于网民开展抚摸互动,每天在网上留几句好话,安慰别人也是安慰自己，这就是他们今天开始的善贴运动。

善贴运动甚至走上街头，祈求别人的善良，从一句好听的话开始。

这在中国，是不可思议的游戏。

抑郁与狂躁

最近在新浪博客看到苏渝兄发表的悼念刘强的文字,真的感觉唇亡齿寒。苏渝是重庆时报专栏作家,重庆工商大学MBA兼职教授财经作家，上游智库专家。其实我认为他真正的身份是全国著名的股评家,他的股评和刘强的股评一样,在圈子里面非常醒目。而且,苏兄不是那种不断推荐股票的股评家,他的股评常常是务虚的,天马行空的,行云流水的,是一种独具一格的经济散文。

上次股灾,我曾经去重庆看过他,因为受伤严重,他变得十分忧郁,相反,他的同胞兄弟却是盆满钵满,炒房成功。我感觉他们兄弟好像在做一种实验,哥哥炒房,弟弟炒股,看看谁的成功机会大。哥哥很早就辞去正经工作,在各种商场做职业经理人,然后,利用重庆作为直辖市的优势开始炒房。弟弟坚定地认为股市更容易挖出第一桶金,并且很早就进入武汉的一家大户室。

十几年以后，哥哥开着宝马，买下十几套房子，依然高谈阔论；弟弟变得非常低调，好像离开大户室了。

圈子里的刘强，文字虽然也不错，但是和苏兄比较，还是差一个档次。不过，在实战中，却是远远高于苏渝，早就盆满钵满。因为如此，野心也越来越大，特别喜欢杠杆，他用杠杆的能力以及魄力，经常让苏渝胆战心惊。越觉得危险，刘强胆子越大，屡屡得手，身家当然越来越丰厚，文章自然越来越豪气干云。

毕竟，中国股市的无常，改变了不少人的前进道路，造就许多从业者的性格分裂。

小散们大概以为，那些坐庄的操盘手如何又如何，其实深入内幕，许多操盘手比小散更加紧张。熊市时期，他们抑郁，牛市时期，他们又狂躁，经常冰火两重天。久而久之，他们分出非常明显的两个派别，就是抑郁派和狂躁派。

本来，苏渝和刘强应该属于完全相反的派别，苏渝是抑郁派，刘强是狂躁派。但是，仅仅一次股灾，就把狂躁派变成抑郁派，而且抑郁得如此厉害，导致刘强最终的自杀。

后怕

上了年纪才发现，命运弄人是真的。

同样的种子，在不同的土壤里面，结果是完全不一样的。

比如奥巴马，一个有色人种，在某个时代只能当奴隶的人，会有什么造化吗？但是在美国，情况出现变化，这个到处漂泊的孩子，真的发生奇迹，他成为第五十六届、第五十七届美国总统，成为美国历史上第一位非裔总统。

奥巴马的父亲是一个晃晃。按照武汉话，晃晃就是找不到自己位置的人，到处流浪的人，这样的人不可能成功。

历史有时就是这么简单而奇特，老奥巴马忽然就从肯尼亚通过某个机会跑到夏威夷了，估计他当时可能和中国女人想法一样，世界那么大，我想出去看看。他出去看看的地方居然就属于美利坚合众国，如果他当初出去看看的地方是中国、朝鲜、越南，可能后果完全不同。

奥巴马的母亲也是个晃晃，并且她祖先就是晃晃。作为奥巴马的外公外婆，一个是英国人，一个是德国人。斯坦利·安·邓娜姆，在堪萨斯州的威奇托，她真的和我们今天河南女教师的想法相同，非常巧合，奥巴马的母亲就是当老师的，她差不多在六十年前就想到"世界太大，我想出去看看"的命题了。

鬼使神差，本来是准备出国看看的，结果却和我们河南的女教师一样，听说河南女教师已经在成都了，准备开客栈。斯坦利·安·邓娜姆也没有出国，她跑了好远，结果晃到夏威夷了。

1961年8月4日，奥巴马总统没有选择肯尼亚的内罗毕，也没有选择美利坚的堪萨斯。如果真的是上帝造人，历史让上帝选择了夏威夷的檀香山。呼儿嘿呦，美国出了个奥巴马。

实际上，奥巴马父母的婚姻非常短暂，有了奥巴马以后，他们很快分道扬镳。老奥巴马回到肯尼亚，然后在那里死于一次车祸。

如果奥巴马不是跟着母亲而是跟着父亲去了肯尼亚？想想都后怕啊。

但是跟着母亲也不见得有什么机会，因为率性的母亲又嫁了个印度尼西亚男人。这样，奥巴马不得不去印尼待了四年，好在外公可怜这个乖巧的混血儿，把他最终接到美国本土。

于是，奇迹真的产生了，美国梦从传说变成现实。

神来之笔

写了几十年文章，忽然发现，写作的确是需要天分的。

我的朋友里面，有非常勤奋的作家，几乎天天都在写，著作等身的好几个了，上千万字的写家也十几个了。但是，除了我在不断等待他们的新作品，好像从来没有洛阳纸贵的时刻。

勤奋出不了作家，尤其出不来大作家。

而有的写手，一开始就显示其特别之处，尤其是语言功夫，好的语言具有强大的诱读力量，如果你能在随意翻看其作品时就被吸引，这就是作家的语言魅力了。

网络上有不少这样的天才，印象深刻的如王枪枪、慕容雪村、李承鹏，看了他们的东西，我就得承认，我没有这个水平，尽管他们的作品也不一定都是我喜欢的。比如李承鹏，很多文字就是我不能接受的。

好的作品甚至也不是费劲写出来的，恰好相反，好的文章是忽然之间，仿佛天灵开窍，就那么随意开头，自然结尾。

我觉得北岛的《波动》，余华的《活着》，苏童的《妻妾成群》，是这样的作品，这些作品不是我想去读，而是作品吸引我去读。

北岛是诗人，人们似乎只知道他的诗歌，就是那么偶然，他写了小说，一写就是个中长篇小说，“文革”地下写作，没有哪篇小说超过北岛的这篇小说。

余华在《活着》之前，一直跟着别人屁股后面搞什么先锋小说，几乎一无所获。但是，就是那么一天，他就随意地开头了，像自来水一样，流出来就是这样给“文革”打标签的文字。

苏童的《妻妾成群》，更是天才了，那个年纪，他几乎还没有接触什么女人呢，而且，写的还是古人，不是天才是什么？

之后，他们不要写了，否则就是坏自己名声。张爱玲就知道，青年之后不要写了，再写就是狗尾续貂。中国的老年人有个养生之道，过午不食。

至于莫言，也是天才，要知道，他几乎不看书，看一部《百年孤独》，看了十几年才真正看完。但是，他好像与马尔克斯通天灵的，只看了第一页，就找到《红高粱》的发端，之后就是不断地复制《百年孤独》。

所以，当莫言获得诺贝尔文学奖，我开始以为是愚人节玩笑。

因为莫言没有自己的语言，他非常需要拿别人的瓶子装自己的酒。

同样的还有一个高行健，我认为也是一个愚人节玩笑，谁都知道高行健是模仿《等待戈多》的。

可能是瑞典的文学高人实在找不到中国作家中还有谁不模仿的，而又急需为中国人开一次奖。

趋势

四十年以前，我在武汉的学校读书，经常忆苦思甜，总是这样开头：在万恶的旧社会——

那个时期，我们全家五口，都是补丁落补丁的衣服，因为确实没有见过什么是万恶，所以旧社会对我始终没有感性认识。

今天，忽然觉得，当年那句脍炙人口的“在万恶——”的句子确实可以说明四十年前的中国大陆。

为什么当年我们只能穿补丁落补丁的衣服？

不是为了忆苦思甜啊，告诉你，是为了正能量。

正能量的解释是：我们穿的是棉布衣服。

20世纪70年代中期，中国开始出现一种奇特的料子，做成衣服可以是透明的，非常耐磨，那个时候，中国教育比较正常化了。我读了进行过规整化的《十万个为什么》，知道石油的厉害，石油可以让柴油机发动，石油可以做沥青铺路，石油可以做布料，石油甚至可以吃,后来知道的反式脂肪酸就是石油里面提炼的。

而作为布料,就是我20世纪80年代才穿上的的确良。后来我才知道,的确良就是尼龙的一种。

我穿了十几年,才把一件的确良衣服穿破。正确的说法,不是磨破的,是滑丝了,否则还是破不了。那就是幸福的衣服啊,质量这么好!

正当我为中国的进步高兴时,出国考察的领导,一个邻居告诉我,人家资本主义不穿的确良了,改穿棉布了。

后来经过有关方面教育,反正是西方,比我们伟大的、光荣的、正确的,还是要进步一些。我所在的武汉钢铁公司,有技术员去日本、西德学习先进的生产方式,回来告诉我,他们才是世界发展的方向。

结果真的一一应验,西方不分房,是买房,而且是分期付款。西方的房子比汽车贵。西方的艺术品比电器贵。

我的一些朋友,先买房的、先收藏艺术品的,果然比那些先买电器、汽车的生存质量高许多。二十年以前,一台桑塔纳、捷达、富康标配就要十八万元人民币,在当时可以买两套一百平方米的房子。现在,一百平方米的房子可以换十几台新桑塔纳、捷达了。

今天看到一张美国十年来的物价表,发现了一个新方向,电视机、电脑、电话机、玩具、汽车、服装、住房,价格下降很多，食品、人工维修、幼儿看护、医疗、养老、大学费用，价格暴涨。

也就是说，十年以后，这种情况将在中国出现，如果是年轻人，应该参考就业，如果是中年人，应该提前准备养老，如果是小学生，应该考虑学习医疗专业。

特别是喜欢汽车的人，看看欧洲、美国、日本、韩国的汽车价格吧，只是中国大陆的十分之一啊。

眼光

有人问我,你为什么不仇富?

作为一个中国的穷人,但是又没有穷到无产阶级的地步,当然应该没有无产阶级专政的思想。

这是俗套的解释,还有一种解释,为了养生。养生最关键的是,不要嫉妒,不能庸俗,不可抑郁。

其实还有一种解释,对好人好事,你必须大声叫好,由衷钦佩。

有钱人,我们说的成功人士,他们是有道理的,心态不好的人,会说成功人士的第一桶金都是不干净的,都是血腥的,也可能是这样的。

但是我真的看见一些成功人士在我眼皮底下成功的,他们确实有过人之处,一个当然是他们的为人,一个是他们的性格。还有一个是远见。

简单地说,就是他们能够看出发展的趋势。

十年以前,一位大姐带我们去武汉的关外,武汉人把关山以外戏作关外，离开关山就是离开武汉了。当时关山那里只有一个武汉人感兴趣的单位，就是在武汉排名第一的大学，华中工业大学。那个时间，离开关山，连公共汽车都没有了，如果有，就是去纸坊的下乡车。我们走了很久，连一条大路都没有，小路也没有，踩着泥土路，深一脚浅一脚，然后，大姐说，就在这里买房。放眼望去，确实在打地基，我只当来郊游。大姐说，相信我，这里将是武汉的中心，她真的转账，买了一层工厂房。然后强迫同去的人都得买，我是最穷的，卡里面只有几万元，为了响应号召，买了一套单身公寓，二十七平方米，六万元，精装修，发展商还送名牌空调、洗衣机、热水器。好多年以后，我几乎忘记当年我还买过这样一套房子，后来人家告诉我那里已经成为中国的光谷，我的小区还是光谷的CBD，周围不仅有大学，十几家银行在那里设置了华中总部，而我居然忘记了门牌号码。

今天，那里是武汉市房租最高的地区之一，二十七平方米的单身公寓，月租一千六百元，供不应求。物业甚至开玩笑，同时有十几个来租房子的，你可以拍卖，价高者得。

而我在珠海核心区吉大的房子，七十平方米，月租一千二百元，还必须跟租客讲好话，否则人家不要了。

要知道，十年以前，我楼下一个重庆女孩子劝我和她一起把房子卖了，可以去重庆江北买五套同样面积的房子，还是电梯房。我拒绝了，并且还劝告她，你已经是珠海户口，把房子卖了你以后回来住哪里？她说，如果再回来，就是过客，住酒店好了。后来，她回来出差，住快捷酒店，每天才百余元，笑我，看我现在是五套房子，还是楼梯房，你还是一套，现在重庆房子和珠海房子一个价了，关键是，重庆房子出租价格远远高于珠海。

十年以前，如果我把珠海房子卖了，可以在武汉我大哥熊召政的小区买同样面积的电梯房三套。今天，大哥已经住进更高档的小区，而我，已经搬到中山市的坦洲镇去了，我还是珠海户口，但是我已经住不起珠海的房子。这辈子，和熊大哥住邻居的可能性，恐怕没有了。

所以我不仅不仇富，还特别佩服有钱人，至少，他们比我有预感。

危信

常常感到跟不上时代了，我好像至今也没有从博客中走出来，感觉别人刚刚把我拉入微博，这微信又来了。

是一个小朋友告诉我微信的好处，年过半百，学习能力大大下降，也就谢绝。在海外的旅行，别人告诉我，用微信和国内联系一分钱不用花，我才真正明白微信可以把中移动、中联通、中国电信全部给灭掉。

除了联系不花钱，微信的另一个特点是信息沟通更快。

但是仅仅用了一年微信，就发现微信有时简直就是个谣言基地，很多人可以完全不负责任地发表看法，甚至无中生有、捕风捉影。最近两则消息就让我非常困惑，一则是告诉你那些大人物的繁殖关系图，开始我还真的相信了，谁是谁的儿子，谁又是谁的孙子，哪个女人嫁了多少个大人物，有板有眼。让我惊异于小编的索引工作的同时，马脚突然出现，说郭沫若是范文澜的学生，奇怪了，范文澜和郭沫若是同时代人，是同辈，怎么成了师生关系？由此才开始怀疑段子的真实性。

刚刚收到一则消息，说一个中国老板去日本，在饭店消费时，人家结账要三十万元，老板只带了八万元，日本人又不让刷卡，要求用现金。结果这个老板叫人开来两台车，后备厢装了三十万一元一张的纸币，叫日本人去数。微信主描述，太给中国人长脸了，看小日本还敢小看咱中国人！要求，是中国人必转。

我一看那些图片，敢情全部是一元一张的人民币。首先，日本不是希腊，现在只有希腊才只收现金不让刷卡。其次，哪个老板出去旅游还带两台车？是自驾游吗？

缺乏基本常识，是微信上的标题党的基本面目，而为了诋毁某个地方不惜造谣惑众。

凤凰

据说现在的街骂非常典型的句子是:你像个股民,你像个诗人。回骂的肯定是,你才是股民,你全家都是股民!你才是诗人,你全家都是诗人!

这次香港书展,红遍东南亚华人圈的女诗人余秀华、青春文学女作家九夜茴亮相现场,引起不小的轰动。

后面那个网络青春作家,我这样年纪的人估计没有几个知道的,但是余秀华则是像明星一般了,特别是在中国的诗人圈子里面,想不知道她都难。

以前听说过乌鸡变凤凰,一直认为那是一种传说罢了,自从中国出了个余秀华,我真得承认这个事实。因为这个事实的附加值实在太大了,不光根本性地改变了余秀华自己,也根本性地改变了很多作协系统的人物。许多以前完全瞧不起余秀华、根本不能接受余秀华的人,现在对余秀华却是趋之若鹜,纷纷想方设法拉拢余秀华，想借势余秀华达到个人不可告人的目的。掌握作协的，拉余秀华加入作协；掌握文学院的，跟余秀华签约。甚至一些地方文化单位，还要给余秀华主席之类的位子。有的诗人在一些商场门口搭台，拉起横幅，与余秀华对话。更有一些男性诗人，以前到处骂余秀华作品的，甚至攻击其身体缺陷的，现在却在大庭广众中热情地与余秀华肉麻地拥抱。

他们做这一切，必须通知记者到场，就是为了让余秀华替自己宣传一把。他们接近余秀华，都是想借余秀华头上的光环，照亮自己黑暗的道路。

余秀华当然也乐得如此，而且马上入乡随俗。最近看到余秀华在珠海的一张照片，吓了我一跳，她已经穿得像商业模特，不仅透，还有一些漏，如果不看她的脑袋，脖子以下居然还有点性感，估计是商场方面的好意。公众印象中那个在农村养兔子的诗人一改淳朴一改朴素，再不是整天站在村口看农民兄弟下象棋的样子了。

真是世事弄人，好端端地把一个赵本山式的喜剧变成凤姐式的喜剧了。这些围着她转的不怀好意的诗人，硬是将一个直爽的女汉子变成一个开始装逼的城市人。说话圆滑而世故，“在农村，我也可以吃饱穿暖，这就够了。”面对香港的灯红酒绿，她故作平静地对记者说。

当她这么说话的时候，早已经不是湖北乡下那个度日如年的邋遢妇人，而是空中飞人了。

而且，她已经在考虑换老公了，十分坦白地告诉大家，哀家渴望爱情。

估计，在不远的将来，余秀华会迅速向舒婷方向发展。

幻想

曾经听说，发呆是一种修行。所以，主张慢生活的人总是在寻找一个可以发呆的地方。

听一个老板说，现在的发呆是一种极其奢侈的事情，所以发呆的地方往往也是高消费的场所。比如马尔代夫，去一次怎么也要上万元，不是随便发得起的呆。

在巴厘岛，居然就真的有所谓发呆亭。各种各样，大大小小，其实是当地一种纳凉的亭子，果然就看见有些人在那里无聊地看海。或者是睡觉。

我觉得，发呆可能是什么都不想，让脑袋放空，让目光呆滞，让灵魂附体。

但是在中国，个人认为，还是幻想比较好，幻想可以疗伤。

尤其是在股票崩盘的时刻，进行一定的幻想可以让自己暂时离开现场。

比如我可以幻想现在应该进入银行股，坐一下跷跷板，其他的股票既然只能沉没在水底，那么就让银行股高高跷起来。然后，等到其他股票跌到谷底，比如出现两元钱甚至一元钱的股票，再把翻倍的银行股彻底卖掉，抄底垃圾股，等到垃圾股再翻身，如此循环。鸡生蛋，蛋生鸡；鸡再生蛋，蛋再变鸡……

认识一个老兄，买了十几年的福利彩票，除了几次两元钱的小奖，什么也没有中过，但是他竟然从未间断，每个礼拜都自觉地去三次彩票站。问他为什么？他说，就像基督徒去教堂，是一种信仰，也是一种习惯，每次买了彩票，就有了一种期盼，在期盼中过日子，会让艰难的生活变得模糊一点，就不急不躁。记得欧亨利的短篇小说《最后一片叶子》吗？一位濒临死亡的人，看着窗外不断凋零的树叶，觉得最后一片叶子掉落，就是自己死亡的日期。一个画家为了挽救其生命，在窗外的墙壁上画了一片叶子……

认识的一个老板，生意失败时，他选择走路上班，甚至不坐电梯，爬上几十层的高楼，问他为什么？他说，把时间拖慢，可以从容地幻想一些美好的事情，到了目的地，幻想就会停止。

后来我发现，幻想比发呆的成本要低很多，你不需要像发呆那样找到一个安静的地方才可以发呆。幻想可以随时随地，可以旁若无人，或长或短，把各种各样的前提不断变化，然后按照自己的设想得出一种结果，如此反复，感觉像打太极，感觉像做瑜伽，常常一个幻想完成，一段烦恼的时间就安然过去，此时，心事浩渺，心旷神怡，心胸辽阔，百无禁忌。

希腊

希腊，在武汉话里面可以读成“稀烂”。

作为一个普通中国人，我可能永远也搞不懂希腊的经济危机为什么会引起中国方面的强烈关注，据说这个国家可能已经破产，如果真的破产，对于中国人来说又有什么意思吗？应该只是欧元区自己的事情。

与今天中国股民平均损失四十一万元相比，这次的中国股灾已经损失了十个希腊的债务数字，所以说，欧洲不可能被希腊拖垮，只要德国、法国果断一点，把烂掉的希腊及时从欧元区切割，一切就太平无事。至少，希腊危机的危险性远远小过中国的股灾。

其实五年以前我就知道希腊的经济危机，主要原因是其政府的无能。前两年曾经去欧洲，导游在解释欧洲金融危机时，认为是拉丁民族的好吃懒做造成的，比如意大利人，比如葡萄牙人，比如西班牙人，比如希腊人。干活，他们不上心，消费，却是非常讲究而积极。长期的高福利把这些国家的人民变成懒汉,他们只关心他们自己的生活水平,其他一切都不关心,如果他们还有点关心政治的话,那就是关心政府带给他们的福利。

据说,经济危机以来,希腊人除了吃饭就是上街游行,老迈的政府领袖一点办法也没有。这次终于选择了一个好像年轻有为的国家领导,大家以为他应该可以找到挽救希腊的方法。其实大家对他也并不了解,只是因为以前的领导实在太差了,只要比以前领导稍微强一点,希腊人都可以接受。结果这个领导在十分短的时间内,不仅证明自己和以前的领导一样无能,而且还非常无赖,他利用公投来绑架人民,迫使人民选择与欧盟的对抗,完全否决了欧盟挽救希腊的努力。

其实欧盟在连续五年发放大量欧元给希腊以度过危机以后,面临希腊的多次违约,仍然准备延长半年还款期,并且在此期间继续给予可观的银子以避免希腊银行的关门。但是这样的努力仍然被希腊人看作不怀好意,通过公投来威胁退出欧盟。

这就是拥有悠久文明历史的希腊吗?我一直奇怪,为什么今天那些历史上拥有高度文明的国家怎么成为与世界发展潮流最不相符的地方,是人民的问题还是领导的问题?

我们在欧洲旅行时,大巴司机正好是个希腊人,他的敬业精神曾经让我们感动，一路横穿欧洲，披星戴月星夜兼程。尤其是他的开车技术，在意大利一个小镇，确切说是一个小村庄，因为导游带错了路，我们进入一个死胡同，进去时就是曲里拐弯的，小路仅有大巴的宽度，左右缝隙不超过巴掌宽。他居然把十米长的大巴倒出胡同，前后有几里路，立刻赢得我们的一致掌声。

他和我们聊天时说，我在国内也是自由散漫，但是出国以后我就积极认真地工作，希腊的问题不是人民造成的，是领导人造成的。

接待问题

从媒体上看，接待中国大陆游客应该已经是日本旅游市场的常态了，至少我知道的，大陆游客去日本，大概有二十多年的历史。等我去了日本，才发现，其实日本人并没有做好接待中国大陆游客的准备。

首先是文字，在各个场所，没有为中国大陆游客标明的简体字，但是有为台湾游客准备的繁体字，结果大部分大陆游客不认识那些繁体字，成为睁眼瞎。反映出日本人对中国大陆的态度。这让我想到印度尼西亚，即使今天印尼方面已经把中国大陆游客当成非常重要的旅游收入来源，但是在印尼各个地方都看不见中文字，就是大陆人去得最多的巴厘岛也是这样，除了当地个别华人，没有人会说中国话。

其次是习惯，大陆人喜欢喝茶，喝开水，但是日本人和西方人一样，是喝冷水甚至喝冰水的，在许多日本酒店找不到热水壶。结果在吃饭的时候大陆游客排队打开水成为一景，不少为了招揽大陆游客的饭店会特别在门口招贴，有开水。

最重要的是，很多酒店没有公共wifi。对于大陆游客来说，出门在外，也许什么都不重要，重要的是要有wifi。这一点，日本比韩国落后不是一条街的问题，在韩国，到处都可以接收wifi，而且信号非常强大。

导游是东北人，还特别为日本人开脱，因为日本的手机流量都是随话费附送的，根本用不完，所以不用到处蹭别人的流量。所以很多大陆游客回国以后发现，手机的流量费用高得惊人。

还有一点，许多日本人还是分不清大陆人和台湾人，当然也分不清香港人和澳门人，传统上，他们一直是接待台湾人的，所以在不少酒店还是以台湾人的口味为接待标准。在日本，凡是旅游行业都会在相关场所挂出接待对象的一些标志，比如国旗国徽，当然还有那些国家的语言文字。

在静冈县的最南端，我们住的御前崎海景酒店，这是一家几近荒废的酒店，大概五月份还不是当地旅游的旺季，开房不足五分之一，酒店方面知道来了中国人，居然挂出的是青天白日旗，在瑟瑟海风中并列飘扬的只有日本的膏药旗。这让大陆游客感到十分刺眼。

大陆游客的线路，按照旅行社的说法叫产品设计，一般是从大阪进入，从东京出来，或者从东京进入，从大阪出来。但是现在大陆已经和日本许多地方直接通航了，虽然静冈县是个小地方，它的机场却是国际机场，和不少中国内地的机场直接通航，比如武汉。相关大陆城市的游客都是从静冈县进入，还是从静冈县出来，虽然会走一些重复路，但是团费却便宜许多，比广东去日本一般会便宜三分之一甚至一半。

就这样，静冈县方面居然还没有搞清楚中国大陆和中国台湾的区别。这对于做事情极其细致的日本人来说是特别不可思议的。

记性

没有谁会记得你，请安静地走吧。

我常常想自己的身后，许多中国人好像都有这个想法，他们非常想知道，自己不存在了，还有谁会在以后某个地方某个时辰还能想起自己。

所以，他们唯一能做到的，就是生一个孩子，让孩子延续自己的血脉，让血脉记得自己曾经的存在。

不知道他们中间有没有想过，中国人，现在的中国人，有多少人还能记得住自己爷爷以上的祖辈，有的已经连爷爷叫什么都忘记了。

那么，能够记住你的人一般不会超过百年。

我曾经经过无数个荒坟，无人认领，里面肯定住着无数个生前想方设法让自己流芳千古的中国人，显然，他们失败了。

如果你一开始就承认自己必须是失败的，那么就会活得坦然，不然，你会活得十分纠结。

安钧璨，我是在他死亡的消息中知道他的名字，一个曾经存在过的中国人，刚刚三十二岁。曾经活跃在台湾的秀场上，当年，和他一起出道的，有一个兄弟已经走了，他在《康熙来了》的节目上谈到这个同道，有一句非常感慨的话，怕自己死了没有人会记得他。

今天，他真的也走了，尽管许多艺人都在表态，一定会记住他，但是，这些人自己走了，又怎么办？

我无法不去想东方之星中的那些长者，他们生于寂寞，死于喧嚣，若干年以后，还有谁会记得他们？

一个简单的问题：超过四百多人死了，船长却活下来了，几乎和韩国的船难一模一样的版本，简直就是一次严重的抄袭事件。遇到龙卷风，不到两分钟，船就彻底翻沉，这是一种结论吗？那么那个船长，还有其他十几个船员，他们是怎么在两分钟之内穿好救生衣并成功逃生的？并且等到船完全沉没才报警？

所有的中国人应该都想知道这个答案。

不要那么快就把难船拖走吧，应该让难船永远留在那里，找一个岸边，竖一个纪念碑，把那些人的名字刻上去，教训也是经验。

虚荣

文学青年也知道，2015年的中国文坛除了不断的丑闻，就是乏善可陈的作品堆积，为了从死气沉沉中脱颖而出，作家们就像湖北监利翻船的遇难者那样，使出各种解数逃生。

长沙一个女裁缝，最近也不甘寂寞，找了个马甲，在网上出了一则新闻，水无沙报道：

2015年是残雪的获奖机遇年一点也不夸张。残雪在国内从未获得过任何文学大奖，只是零星地收获过一些杂志社颁发的奖项。然而2015年，经过她三十年的不懈努力，残雪的作品的影响终于在海外全面地铺开了，她一下子就得到了三个知名度很高的国际文学奖的提名。

实际上，这是亚马逊图书网站的支持和捐赠，获奖作者和翻译者将每人获得五千美元。

“我太激动了，”当残雪得到这个消息时说，“我想这是我的整个人生中所发生的最美好的事情了。我一直认为BTBA作为一个声望非常高的奖项，是奖励那些怀有极大的勇气去实现他们文学抱负的作家们的。”

在国内没有取得地位的女作家一直在寻求国际帮助。

五千美元什么概念？不就是人民币三万来块？女作家已经把这个奖提高到诺贝尔文学奖的高度，说是美国的诺贝尔文学奖。其实在美国，这种过家家的奖多如牛毛，哪个奖也比这个奖钱多，何况这还是亚马逊支持的，不过是为了在国内多少卖点书的炒作罢了。

近日，一篇谈中国作家在美国书展签售遇冷的文章《哪里是门可罗雀，简直是一个雀儿也没有》引起热议，也有文章反驳其并不了解美国书展。真实的情况是怎么样的？

真实的情况的确让人寒心，因为这次去的作家真的有中国一流的写手，诸如苏童、毕飞宇。当苏童、毕飞宇、阿乙三位作家来到签赠活动现场时，发现不但没有排队等待的读者，连笔都没有两杆。于是在场的几个作家开始自娱自乐起来，互相拿书给对方签字，然后取笑对方提笔忘字。忘了是谁吐槽了一句“门可罗雀”，苏童接口：“哪里是门可罗雀，一只雀都没有！”

李洱说，据他所知，美国人不太爱读英语世界之外的书。曹文轩说，门票太贵了。都是奇葩言论。

有一点可以证明，中国文学在世界上并没有中国作家想象的地位，你和洋人拉关系翻译了几本书，能够在当地卖几本？就我所知，有一部分作家花钱请老外翻译自己的作品在国外宣传，然后把宣传的消息出口转内销。

甚至还有作家把自己的书拿到各地书店盖章，表明已经卖出去了。

苏童们尚且如此，其他人呢？很多作协主席可能连市场都没有，他们的书根本就进入不了书店流通。

和而不同

像个小学生一样，我曾经热衷于把我知道的词语进行造句训练，有一个词却一直没有找到使用的机会，直到去了日本，才发现日本真的是这样：和而不同。

一个典型的例子，在日本，一件商品几乎只有一个定价。因为这在中国几乎是不可能的，同样的商品，在不同的地方，价钱肯定不一样，至少有一个原因，物流产生的距离和产生距离以后发生的费用也会导致同样商品的不同价格。珠海有一个做服装的朋友，她在万家福夜市选择的服装，拿到自己开的服装店就涨了两倍的价格，而她的服装店距离万家福只有二百米。她懂经济，距离产生价值，实际上，还有个信息不对称的因素，因为确实有不少客人只发现了她的服装店而没有找到二百米以外的万家福。

难道中国人真的比日本人聪明吗？我忽然想到微信上传播的，真愚蠢的人靠要小聪明，真聪明的人靠的是厚道。

这么多年的训练，中国人练成了善于发现政策漏洞的聪明人，他们总是想方设法找到政府规定中的瑕疵，以便钻空子。

但是在日本，导游特别强调，不用担心同样商品会在下一个地方涨价，即使你去机场这样的地方，价格仍然一样，不像在国内，机场的价格比其他地方至少贵两倍甚至是天价。

所以出差、旅游的人习惯于在机场、新干线、高速公路服务区吃饭、购物。

只有一种可能，导游会提醒你，某种商品只能在这里买，下一个地方可能没有了，绝对不是因为价格问题，而是日本特有的物产专属原因，某种商品只在其产地买卖，不流通。

我非常不理解，在一个高度商品化的社会，应该积极将自己的产品进行流通的最大化，怎么还有这样闭关锁国的？导游说，这就是日本到处强调的地方特色，要与众不同。

在中国，到处都一样，同样的房子，同样的商品，同样的着装，除了方言不一样，基本上全流通了。

难怪导游每次介绍下一站，首先从不同于日本其他地方开始，首先是饮料，有的饮料，只有那个地方的售卖机才有，奇葩吧？

后来我发现，日本人在机场购物的习惯不仅是购物环境更好，还有更加集中，特别是离境旅客，因为免税的原因，机场的价格甚至比其他地方便宜得多。

选择

一个老土的问题，却是经常被问到，嫁人是选择父母有条件的，还是选择一个自己打拼的好？

现在看来，这是一个非常实用的问题，非常有现实意义。

我自己亲身经历，一对姐妹，姐姐是个幼师，妹妹在大集体，今天没有多少人知道大集体了。20世纪80年代，失业率十分高，高中毕业不像现在这样好上大学，最好的出路就是及时就业。有父母退休的，可以顶职。这又是一个专有名词，顶职，顶替父母或者直系亲属进入工厂当编制内的工人，这种现象通常发生在大型国企，可以等父母退休以后顶替，也有父母为了孩子的前途提前退休让子女上班的。

那个时期，一般家庭都有好几个孩子，父母只有两个顶替指标，用完以后，还要解决后面孩子的工作，只能靠进入工厂的附属部门工作，没有正式编制，就像一些品牌还有副牌一样。科勒的副牌是卡利，在武汉钢铁公司，这样的副牌叫实业公司，就是挂靠某个工厂，以该工厂的名义和技术揽活。如果掌握人水平不行，这个实业公司可能变成失业公司，没有活干。

所以两个姐妹要想将来生活得好，必须靠找婆家了。

姐妹的母亲是个聪明人，首先给姐姐找了个干部子弟，姑爷的爸爸是个厂长，正处级，那个时候，找个科长公公就不错了，何况是厂长。而妹妹呢，不喜欢母亲的势利，自己找婆家，结果找了个没有正经工作的小青年。为此家里不断发生激烈的讨论。

十年以后，姐姐的老公因为父亲去世家道中落，老公为了实现发财梦，利用在一家公司当出纳会计，虚开增值税上亿，被判刑十四年。妹妹的老公做小生意，已经开了好几家门店，实现了当年成为千万富婆的梦想。姐姐为了送儿子出国，只有到妹妹的商店当营业员，完全在妹妹的脸色下生存。

这个例子当然不是极端，但是可以说明一点，选择老公，还是应该选择老公本身？把选择老公变成选择公公，你还不如直接嫁那个公公好了。

三位大师

当代最被中国人认可的中国画大师，我以为是和我的标准一致的。吴冠中、黄永玉、范曾。

一个时期的大师不能太多，多了就不值钱了，多了就不是大师了。

我认为的大师，不仅是绘画技巧，更重要的是学问，就是其作品透露出来的学术价值，是不是唯一的，是不是个性鲜明，是不是创造了前无古人的画法与画风。

一个基本点，就是除了画家本人的绘画作品，他还有没有文字功夫，就是说，画家能不能拿出像样的文章。

以上三位，都达到了这些要求，所以他们是大师。

他们的画我当然买不起，但是他们的书我差不多都买齐了。

最喜欢的，还是吴冠中。除了上述的各个方面，吴冠中还有几个方面，就是他的画品与画格，其实也是人格与人品，他的素养更让人钦佩。一个拍卖价已经上亿的画家，居然还在街头的地摊上理发，肯定不是为了节约几元钱吧，这反映了画家的平民心态。

至于说他对中国画的颠覆作用，对笔墨等于零的另类理论，我觉得应该是对中国画有巨大推动力量的。实际上，吴冠中的绘画里面到处传承着中国画最基本的点线面，留法的吴冠中，把当年的油画功底灵活地运用于宣纸之上，甚至直接用油画的排笔代替毛笔，这一点强烈地影响了黄永玉，后来的黄永玉更加用排笔在宣纸上横行霸道，汪洋恣肆。

三位画家好像都好斗，尤其是吴冠中和黄永玉，批判文章层出不穷。但是同样是好斗，吴冠中和其他二位完全不同，他不是个人化写作，他的批判不是为自己，而是为了一种主张。黄永玉则更加表现自己的个性，从来不掩饰自己对文化界人物的好恶，比如几十年如一日地批判范曾。

范曾的绘画形象与他的社会形象好像都非常恶劣，尽管他为了洗白自己曾经不断做出各种各样的努力，比如到处捐款，但是似乎都于事无补。归结起来，范曾的问题一个是政治投机，一个是流水线制作，还有一个大概是对朋友和老师的背叛。范曾年轻时就是个十分聪明的孩子，他很快就看出新中国的文化人的前途决定于谁，所以他与自己的老师沈从文翻脸，以“江东小范”的面目去迎合郭沫若，甚至下了极大功夫专门练习郭沫若的书法。

至于说到流水线的问题，我倒有不同看法，大师是可以任性的，甚至是可以鬼画糊涂的。比如达利成为大师以后，他甚至出卖有自己签名的画纸，用于行家的高仿。

吴冠中去世前一年，我去中国美术馆看展览，旁边有个画廊正在举办吴冠中的新作展，也许因为我的期望值太高，所以有些失望，全部是莫名其妙的数字符号或者没有传统中国书法基本功的墨水字，有些遗老把那样的作品斥责为丑书，画？字？就像某些文章一样不知所云。

大概就是我们今天说的，任性。不过我觉得大师的任性是可爱的，也许一不小心就成为将来的一种方向，就是发泄，也是一种快感。

当然，任性的结果可能造成泥沙俱下、垃圾成山。甚至更加严重的，是把后生们引向歧途。现在有不少美术学院的学生，毕业作品都是朦胧诗一样，画面没有美感，而是一些视觉神经的刺激。

而且，从中产阶级需要的市场来看，范曾的流水线是把行画高端化。吴冠中的任性则是给后世留下一串问号。

而真正懂得江湖的人,则非黄永玉莫属,在大师里面,黄永玉就像郭敬明一样,他的任性就是炫富,在他的指导下,凤凰比丽江更加商业化,而且后来居上。

适应

窦文涛的节目为什么好看，我认为是他很会介绍推荐人物，比如这两天他在解释仁波切的时候，特别告诉观众在北京大概有几十万仁波切，他们都是东北口音，平常什么事也不做，只要一听说供养和双修，就两眼放光。

忽然就让我想到东北同胞，我没去过东北，但是我有许多东北朋友，他们都是从东北来到南方的。有一次一个东北兄弟给我说，你如果只是想看东北风景，那是另外一说，如果你想认识东北人，不用去东北了，真正的东北人都走光了。

我不解，东北人喜欢四海为家，把别人的城市当自己的家乡，对方说。

好像历史书上有这样的记录，当年日本人打进东北的时刻，张学良就是不放一枪，带领几十万东北军退出东北，直接去西部打红军，后来看见蒋介石也不爽，就联合杨虎城把老蒋给扣了。

我的家在东北松花江上，这是东北人的一般介绍，我们听到常常感觉哀怨，但是东北兄弟说，你没听出歌曲里面的自豪感？我们没有乡愁。

也许是这样，当年随张学良入关的东北学生，到了1945年以后，仍然不愿意回东北，宁愿在北平饿肚子，动不动就去天安门喊口号。

但是我知道东北人适应性非常强，不说男人，就是女性也是全国全世界到处跑的。

只有到国外，才知道中国人是多么得多，只有到国外，中国人才知道东北人是多么得多。

在欧洲、俄罗斯旅游，几乎所有的旅游商店都是东北口音，不仅店小二是东北人，许多商店就是东北人老板。结果让不少外国人以为中国人就是这么讲话的，东北话就是中国话。

在威尼斯，在法兰克福，在济州，在台北，领队找来的地陪居然也是东北的留学生，这让我感到十分亲切，大哥，好不容易来了不是？来了不买点啥的，那不等于没来吗？

在马来西亚的槟城，有政府专门给临时居留者准备的就业范围，在一个庞大的露天排挡，我见到好几拨东北夫妻店，纯粹就是包饺子。告诉我说，东北实在太冷了，本来到处旅游，这里居然可以赚钱，索性就住三个月吧，把冬天过了，还能挣不少钱。

在珠海待了差不多三十年，搬家十几次，每次的邻居都有东北同胞，有的一家老小几十口，非常爽朗，被问及家乡，说，在外面住习惯了，不回去了。

地方报纸的副刊问题

关于报纸的副刊问题尤其是地方报纸的副刊问题已经争论了很久了,但是一直没有明确的结果。

作为传统的纸媒,由于近年来受到网络媒体的强大冲击,按照某些观点,似乎叫逐渐式微。因为大部分报纸的主要负责人都是新闻专家,面临发行量大幅减少、广告量也大幅减少的困境。他们在查找原因的时候,居然有不少人把问题归罪于副刊尤其是文学副刊。他们似乎一致认为,现在的精短阅读已经从报纸转向网络、转向博客之类,于是解决问题的方法也简单到直接把副刊减少版面甚至全部关闭。

至少近十年来,全国确实有不少报纸特别是地方性报纸把副刊降低到最低限度。

但是问题并没有解决,反而愈演愈烈,甚至一些报纸已经因为发行量减少、广告量减少而面临倒闭,他们除了等待政府有关部门的援助,几乎束手无策,坐以待毙。

问题是，纸媒的问题是不是副刊的问题？或者说，副刊有没有问题？

纸媒通常被网络媒体称之为传统媒体，除了杂志，主要指报纸，一个界定，传统，内涵好像包括在守旧里面，对于网络媒体而言，传统意味着故步自封、因循守旧、泥古不化。

副刊作为传统报纸的三大支柱版面，从有报纸那天起就一直稳坐钓鱼台，广受读者欢迎，这种局面其实一直就没有改变。为什么有些报纸的操作人会认为副刊是报纸问题的症结所在呢？表面上看应该涉及相关负责人的口味，也就是爱好与偏好，他们不看副刊，并且认为社会上看副刊的人是小众，属于无效人群。其实他们忽视了一个基本点，报纸并不是一个版面，一家综合性报纸一般都有十几个版面甚至几十个版面，每个版面都有其固有的读者，各个版面的读者有时甚至是排他的，比如看体育的可能不会看娱乐，看文学的可能不会看时尚，作为总编辑，需要掌握这个平衡，不能厚此薄彼。

必须解决的，应该是各个版面的编辑问题。很多报纸的总编辑有一个误区，不重视编辑的专业性，把所有的编辑都归于一个类型，就是螺丝钉型，领导把他放在哪个岗位，他就应该在哪个岗位负责到底，而常常因为用人失察,把体育专家调去编副刊,把经济专家调去编娱乐,把作家调去编新闻,结果可想而知。

当然,有些报纸是不能解决专家的实用问题的,领导们往往想到的是,我们是报纸,报纸需要的是杂家。这个观点应该也没有错,但是,如果让不同的专家编辑他们相应的版面是不是更好一些呢?这个方面,上海的报纸做得非常好,他们每个版面的编辑都是所编版面的行家里手,其权威性在社会上也是公认的。想想看,每个版面都是专家编辑,这些版面综合起来,就是一份非常有质量的报纸。这样的报纸,读者面是相当宽的。

就在许多报纸的负责人把报纸面临的困境归罪于副刊的时候,一些有见识的报纸却是逆流而上,他们不仅没有缩减副刊版面,反而大幅增加了副刊版面,甚至将副刊版面杂志化,比如说《南方都市报》。不仅如此,《南方都市报》甚至扛起了发展文学的大旗,他们在文学副刊的基础上,面向全世界,启动华语传媒文学大奖。事实证明,他们的改革是为报纸的发展加分的。

网络媒体把纸媒称之为传统媒体,还有一个用意,就是忽略纸媒以往的主流地位,减弱纸媒的话语权。

还是以副刊为例,民国时期,报纸副刊的重要性是和时政新闻一样的,编辑那些副刊的人,往往也是文坛上的著名作家,使得当时的副刊极具社会影响力,他们对于文化的传播、对于中国语言的改良，甚至对于人们的生活习惯都是具有重大技术性的推动作用。主要副刊对于社会文化的消费是起到引导作用的，这一点适应于今天的中央级报纸。

对于地方报纸而言，副刊应该是个什么形象，这才是关键问题。

一些地方报纸的负责人习惯于将自己的媒体进行从属性思考，每次改革版面总是习惯性参照北京报纸，参照省属报纸，唯马首是瞻。这样改版，当然省事，而且保险，成本低。但是，从目前各个报纸发展的不同可以明显发现，地方报纸和其他报纸并没有可比性，因为他们的受众是完全不同的。

比如一个外地人到了你那个地方，如果他需要了解当地的各种情况，他会去买一份《人民日报》吗？显然不会，他自然会选择当地报纸，那么，问题来了，当地报纸给他提供的信息是什么呢？国内国际新闻，网络上有了，体育新闻，网络上也有了，就是娱乐八卦，网络上更是铺天盖地。这样的版面，对于一个外地读者，几乎等于废纸。一个外地人到了你们这个地方，他的需求应该就是地方报纸应该积极解决的问题，就是提供比较靠谱的答案。他是走亲访友，他是休闲旅游，他是想找工作，他是落地生根，他是创业发展，他是纯粹过路，这些，都是地方报纸必须了解的事情。

许多年以前，不少报纸，特别是地方报纸，为了吸引炒股票的读者，专门留有版面刊登股市行情，多少年一成不变。我曾经提出整改，那些密密麻麻的行情表格，不仅是老花眼看不清，对于隔夜信息又几乎没有参考价值。尤其是七年熊市，股票版面无人经眼，造成很大纸张的浪费。最后这些表格还是自己了断。

同样如此，我们现在的地方报纸的体育、娱乐版面，也有当年股票行情表格的嫌疑。多少年以后，我们可以再来讨论这个问题，看看结果如何。因为我们现在的体育、娱乐新闻几乎无一例外来自于网络报道，报纸再怎么紧跟，最快也是次日见刊了，而网络却可以事事关心、时时更新。

正确的解决地方报纸的出路问题，我觉得可以用六个字来明确：本土、深度、原创。

首先是加强当地社会时政新闻的及时挖掘，对重大民生问题进行深入探讨，尽量避免撞车网络。可以和网络互动，但是不要跟风网络甚至抄袭网络，并且在地方性报道方面，一定要走在网络前面。不要回避地方问题，尤其是网络上已经喧嚣尘上的地方事情，鸵鸟政策是行不通的。

对于新闻来说，长期以来有个观点，求快求新，这是新闻的生命力所在。但是我们纸媒今天再怎么快，也不可能和网络比了。当年美国有个记者叫约翰·根室，曾经被报社派到欧洲各个地方，但是他一直没有在第一时间抢到及时新闻，几乎被同仁一致认为不适合做一个称职记者。还是报社的老板发现他的特质，就是他对新闻的背后以及深度的认识与分析，远远高于一般人。果然，这个人日后以一系列内幕报道获得普利策奖。今天，当年那些用电报抢到的消息已经没有人提到了，但是约翰·根室的包括美国内幕在内的一系列书籍还在影响世界的新闻从业人员。

这就是深度报道的魅力。深度报道不仅需要一个记者的观察力，更需要一个编辑的分析力。从地方报纸而言，如果我们硬件上不能做到新闻的快速，但是我们完全可以培养有分析能力的编辑，通过编辑的再表达，让思维更发散，让日常发生的事情还原其本质的深度，这样反映的新闻才能保值增值而不是贬值。

再要加强的，就是副刊的发展问题。今年以来，很多地方调查发现，副刊的阅读受众大幅度升高了，反应灵敏的报纸已经开始逐步恢复副刊的容量。在天津，为老年人办的报纸十分受欢迎，而这些报纸的重要版面是副刊。因为在天津这样的大城市，老龄化日趋严重，有的地方老年人的比例已经达到甚至超过20%，大量的老龄人口给社会带来新的消费出口，即以报纸为例，也许是因为老年人的固执，也许是因为长期的阅读习惯，大部分老年人还是执着于纸媒阅读，而他们最喜欢看的版面,恰好是副刊,尤其是文学副刊。

所谓本土、深度、原创,实际上都是副刊的特点。至少,副刊基本上都包含了这些特点。

最近,有新闻专家终于站出来指出,现在一些报纸从业人员总是强调纸媒的困境,其实是把财务问题和业务问题混为一谈了。当很多人在谈论纸媒困境的瞬间,有没有人想过,是不是全部纸媒都困境了?纸媒里面有没有不困境的?如果纸媒困境成立的话,新媒体、自媒体就不困境了吗?

当年,博客出现的时候,一直在暴涨的晚报、都市报都受到强大冲击。但是后来,博客快死了,因为微博的原因。微博仅仅热闹了两年,微信又来了。今天,甚至有人认为朋友圈对微信也有点厌倦了,因为移动新闻客户端的同质化越来越严重。连门户网站都沦落成传统媒体了,事实上,新媒体、自媒体的困境来得更快。各种各样的自媒体,一般只能热闹两三个月,然后迅速进入瓶颈期,许多人取消关注。现在的社会竞争就是如此残酷,一个新媒体在迅速干掉别的媒体以后,又被更新的媒体干掉。年轻的用户肯定是水性杨花喜新厌旧,经常在培养一种新的习惯的同时立刻抛弃一种老的习惯,所以专家说,这对新媒体创业者是个天大的麻烦。

还是当年,当电视吸引大家眼球的时候,中国的电影院门可罗雀，那时的明星还不如摆地摊的收入多。当时几乎所有人，连电影人自己也认为，中国的电影完蛋了，都纷纷改行演电视剧去。但是今天，大家都看到了，电视机并没有消灭电影，电影院经过凤凰涅槃，起死回生了，电影演员通常都是高收入人群。

同样，纸媒的困境也不是一律的，纸媒除了报纸，还有杂志。为什么在报纸频频喊困境的时刻，杂志却是铺天盖地？美国有调查显示，2004年，全美国的杂志广告额只有报纸的一半，到了2011年，美国杂志的广告额已经超过了报纸的广告量。在中国，不少做得好的杂志广告收入也大幅提高，比如《三联生活周刊》《人物》《博客天下》《财经天下》《新周刊》等等，内行人都知道，其实杂志就是报纸副刊的组合体。认识到这一点的媒体人会很快做出决定，比如《南方都市报》，他们就把副刊进行整体组合，同类合并，把副刊杂志化。

有人说，目前报纸的困境是因为产能过剩，在中国，报纸有一千五百多种，传说中的纸媒倒闭，其实主要是报纸，很多城市都有报纸倒闭的消息，兔死狐悲，连锁反应。但是专家认为，这实在是好事情，让那些高耗低能的报纸倒闭，就像实体经济领域里的关停并转小钢厂一样，不仅节能，还可环保。早死早投生，早点让那些年轻的新闻人从要死不活的纸媒里面解放出来，可以尽快找到更好的出路。

实际上,中国的杂志要比报纸多得多,有九千多种,杂志为什么远比报纸赖活?

所以还是必须说回副刊,副刊的读者,往往有着坚毅的排他性,就是只读副刊,他们中有许多是算着日子等待副刊的出版,许多人都有收藏副刊的习惯,有了好文章,他们会奔走相告,一片冰心,纸贵洛阳。所以把副刊组合成为一个整体是非常必要的,现在这种把副刊分散编辑,还是一种旧观念,就是认为副刊是凑数的,是从属地位,是花边。为什么不能让副刊也唱回主角呢? 难道副刊的改革真的这么困难吗?

纲常乱

如果有一天，我们作为古人，留下记录些许时代的文字，让我们的后代从中发现今天社会的痕迹，证明我们曾经存在的个体，那么，我们的肉体，就不会腐烂。

无论是伟大的时代，还是肮脏的时代；无论是天堂，还是地狱；无论是土豪，还是白领，还是屌丝。因为一致的浮躁，都只能拥有粗糙的生活。

我们甚至来不及认真品尝这个时代的赏赐，一切，就成为过眼云烟。

这里是中国，今天的一切，都是必需的过程，你满足也好，你抱怨也好，一切依然故我，一切乱云飞渡，一切，仍然需要我们的从容。

这是一个百花齐放的时代，这是一个百家争鸣的时代，这是一个百虫肆虐的时代，这是一个百口莫辩的时代。

无数张欲说还休的嘴巴找不到一只愿意倾听的耳

朵,没有耳朵的吸收,无法稀释的声音变成时代的噪音。

这是一个过于嘈杂的社会,过客们,那么你们在路上还好吗?

记忆变成落叶,一层层铺满远去的道路,谁能判断是非。若干年以后,也许我们今天认为的优点,会成为很久很久以后的缺点,变成霉变的历史,我们的灵魂发现,当初我们怎么如此捍卫那些缺点。将来可能的出土,也许就是今天的缺点,会让考古学家,写进闪闪发光的典籍。

我们真的来不及判断,无论优点还是缺点,日子快得白驹过隙,一个点掩盖另一个点,忽然发现,都是污点。所有的点,连成时代模糊的一线,成为打着死结的历史。

判断的人,太少;批判的人,太多。

好久好久以后,有人会发觉很久很久以前,存在的,都是污点证人。

那么,健忘是最后的和解。

跋

李建钢

北岳文艺出版社于2013年出版了李更的一本书《摸痒了,还是摸痛了》,与韩石山等三位著名理论家一起成为"当代文坛酷评四家"。今年元月,又出了一本《案头文沫》。现在,还要出他的一本《俘虏》(正好是他的第二十本书)。我就想,山西厚土毕竟是他的根!

《俘虏》是他小说的代表作,首发于2005年第一期《钟山》。发表以后,由于它的怪异出奇颇获好评。那些年,他曾经醉心于写小说,在各刊物发表。后来出版两本小说集,其中一本再版。

不过说起李更的写作史,当从诗开始。1985年他的第一本书是一本诗集,书名一个字《乱》。虽然薄薄一本,我却至今喜欢。我现在还能记得这样的诗句:

“从夜幕中醒来……清洁工正在打扫路面／尘土横飞……来来往往的人们／都带着严肃的面饰／孩童们也少稚气……唔，这里曾是战场／只有恨得透／才能爱得深／于是就恨吧／喊着疯狂的口号／互相抛掷炸弹和污泥……／我要打开爱之门／恢复爱的诚实和光辉……／都去多种些花草／少插些旗帜。”这首诗注明写于“1979年春”，也就是粉碎“四人帮”还不久，相信大多数中国人脑筋急转弯还没有转过来，而一个十六岁的孩子，能有这样的认识，写下这样的诗句，能不令人惊异！正是这些诗，让他开始与当时的诗人如熊召政、舒婷、杨炼、顾城、王家新、沈睿、高伐林、董宏量、池莉等人交往，他们通信联络，互赠诗作，还商量办了一本民间诗刊。

不久他到珠海特区报社，进入了记者的角色，如饥似渴地广泛采访了文化界文艺界多少他久已慕名的大师，如丁铃、姚雪垠、作为作家的刘亚洲将军、华君武、秦瘦鸥、闫纲、施咸荣以及电影导演、影视及曲艺演员等等。他的这些访问记收入《早春的嘤鸣》，于1992年在长江文艺出版社出版了。夏康达教授在序中说，虽然是新闻作品，却没有一般新闻作品的短促时效性，而是“经得起时间考验的”。

后来他又写散文、书评、影评等等，也甚有可观。

而他最终在杂文中找到了自己！